Jens Münchberger

Roter Feuerstein

Eine Sommergeschichte

Die Handlung und alle Personen sind frei erfunden.
Ähnlichkeiten mit der Realität sind zufällig,
manchmal jedoch beabsichtigt.
Der Verfasser.

Bibliografische Information der Deutschen
Nationalbibliothek:

Die Deutsche Nationalbibliothek verzeichnet diese
Publikation in der Deutschen Nationalbibliografie;
detaillierte bibliografische Daten sind im Internet unter
http://dnb.dnb.de abrufbar.

© Jens Münchberger 2017

Erste Auflage 2017

Herstellung und Verlag:
BoD – Book on Demand, Norderstedt

ISBN: 978 – 3 – 743110 -04 - 5

Für Ute, die mit mir auf der Insel war.

„...die See duftet hier nach
frisch gebackenem Kuchen..."

    Heinrich Heine (1797 - 1856)

„Kein Auge hat je einen schöneren
Ort erblickt."

    Christoph Kolumbus (1451 - 1506)
    bei seiner Ankunft auf Kuba

Der erste Tag

1

Die Insel war nur dann zu erreichen, wenn man bereit war, drei Stunden, mindestens drei Stunden, mit dem Schiff übers Meer zu fahren.
Es gab allerdings auch Häfen an der Küste des Festlandes, von denen währte die Reise zur Insel, entsprechend dann auch die Abreise, mehr als vier Stunden.
Nur von Hamburg, tief im Landesinneren und an der Elbe gelegen, war ein Doppelrumpfboot, ein Katamaran, ebenfalls nur drei Stunden zur Insel unterwegs.
Viele meinten, der fährt außer Konkurrenz zu den anderen Schiffen, weil der Antrieb durch die Kraft zweier Wasserstrahlturbinen erfolgte: Meerwasser wurde an jedem Bug angesaugt, tausende Liter während kürzester Frist, dann von den Turbinen verdichtet, danach beschleunigt, um an jedem Heck durch einen waagerechten Schacht wieder herausgepresst zu werden. Sichtbares Ergebnis dieser Arbeit waren die bereits erwähnte schnelle Geschwindigkeit des Schiffes. Und gleichzeitig, besonders bei schneller und schnellster Fahrt, zwei hohe Wellen, die dem Schiff in gleichbleibendem Abstand folgten.

Bei Ebbe und großzügig ermittelt, war die Insel von Südosten nach Nordwesten kaum zwei Kilometer lang und an der schmalsten Stelle weniger als eintausend Meter breit. Gemessen von Spülsaum zu Spülsaum.

Nahe und neben der Insel befand sich, im Abstand von ungefähr achthundert und einigen Metern, eine kleine Nachbarinsel. Nur wenig mehr als einen Kilometer an jeder Seite lang und ebenso breit und daher beinahe quadratisch im Grundriss und bei Südwestwind im Schutz der großen Insel gelegen.

Die Sturmflut in einer Neujahrsnacht vor mehr als dreihundert Jahren trennte die kleine Insel von der großen und schuf den tiefen Graben zwischen beiden.

An zwei gegenüberliegende Seiten der kleinen Insel war ein breiter Sandstrand und im Nordwesten ein mit Feuersteinen bedeckter Ufersaum. Und genau gegenüber der großen Insel befand sich ein Hafen. Ausgebaut und befestigt und geschützt für die Ewigkeit: Zwischen zwei parallel in den Meeresboden gerammte Reihen Stahlbetonbohlen im Abstand von drei oder vier Metern waren Granitbrocken und Basaltblöcke, mehr als mannshoch und vielfach schwerer, abgelegt.

Auf der Südostseite der großen Insel, zum Festland hin, unsichtbar in mindestens 30 Meilen Entfernung und hinter dem Horizont gelegen und darum nicht zu ahnen, befanden sich die drei Häfen der Insel in der Nordsee, geschützt hinter Molen und Natursteinmauern erbaut.

Im Südhafen war die Anlegestelle der Schiffe,

die zu den Windparks, im Meer errichtet, fuhren und außerdem die Liegeplätze für die Versorger zweier Schiffsausrüster. Auch drei Krabbenkutter waren an der Pier vertäut. Ebenfalls das Forschungsschiff der Meeresbiologischen Station und, lebenswichtig bei Havarien auf See, der Seenotkreuzer.
Ebenso befand sich der Anlegeplatz für den Katamaran aus Hamburg im Südhafen.

Im zweiten Hafenbecken sollten die Passagierdampfer anlegen. Jedoch, durch ungünstige Wind- und Strömungsverhältnisse war seit Jahren eine langsame, allerdings stetige, Versandung festzustellen. Deshalb ankerten die weißen Schiffe, die aus den Häfen der Festlandsküste den Archipel im Meer anliefen, zwischen den Inseln und die Passagiere wurden mit Booten an Land gebracht.

In der Mitte, zwischen dem Südhafen und dem versandenden Hafenbecken befand sich der Alte Hafen. Hier dümpelten einige historische Schiffe an der Pier. Durchaus seetüchtig aber sehr schwer zu fahren, weil sie oft von Langsamläufern, Dieselmotoren mit einer geringen Umdrehungszahl der Welle, angetrieben wurden.
Drei Segelschiffe, davon ein als irgendwas getakelter einmal-um-die-Insel-Fahrer und zwei Gaffelschoner, für den Passagierbetrieb umgebaute Küstenewer, hatten hierher verholt.

Und dann noch zwei hochseetüchtige Segelyachten. Deren Besitzer waren zwei Männer mittleren Alters: Berufssöhne, denen Papas Geld das Leben ermöglichte, was sie im Sommer vor dieser Küste kreuzen ließ, um dann im Herbst nach Süden zu

reisen, ins Mittelmeer.
Auf der Insel wurde oft darüber nachgedacht und orakelt, welcher ihrer Vorväter das Geld erarbeitet hatte, das ihnen dieses sorgenfreie Leben ermöglichte. War es der Vater, konnte das schöne Leben auch der nächsten Generation Freude bringen. Wenn jedoch der Großvater den Reichtum beschafft hatte...
Denn, in der ersten Generation wird das Geld verdient, in der zweiten bewahrt und in der dritten ausgegeben. Sagt man jedenfalls so...
Aber, wieder Spekulation, möglicherweise war doch genügend Geld vorhanden, so dass auch weitere Generationen auskömmlich leben konnten.

    Die Hotels und Pensionen in dem bogenförmig gestalteten Gebäude gegenüber der Hafenanlagen waren erst am Ende der 1990-er Jahre nach einem städtebaulichen Wettbewerb, europaweit ausgeschrieben, errichtet worden.
Wegen der überdurchschnittlich guten Einnahmen aus dem Tourismusgeschäft (vergleichbar nur mit denen in einigen Badeorten zwischen Wismarer Bucht und Usedom) war die Finanzierung der Bebauung kein Problem. Gemeindeeigene Rücklagen, dazu Fördergeld von Land und Bund, sogar aus dem fernen Brüssel traf ein Scheck ein, öffneten bei den Finanzierungsverhandlungen mit den Banken die Türen sehr weit.
Wohl auch deshalb, weil der noch zu erhandelnde Betrag lediglich 15 oder 18 Prozent der Investitionssumme ausmachte.
Im Vorstand der gegründeten inseleigenen

Bauträgergesellschaft nahmen die Honoratioren der Insel Platz, um das Bauen zu begleiten und zu überwachen. Das Projekt sollte das Ansehen der Insel nachdrücklich fördern und das Geld weiterhin in die Gemeindekasse bringen. Man hatte noch viel vor. Dann, im bald beginnenden dritten Jahrtausend.

Wie geplant, war am Ende des letzten Dezembers im zweiten Jahrtausend der Bau soweit vollendet, dass nur noch von „wenigen zu erledigenden Restarbeiten" in den offiziellen Mitteilungen zu lesen war.
Es wurde Polit- und Wirtschaftsprominenz aller Couleur auf die Insel gebeten. Und die erschien auch zahlreich.
„Atmen Sie die klare Luft! Sauberer ist es nirgendwo im Lande!", mahnte der Bürgermeister und teilte das grün-rot-weiße Band.
Worauf sich die prominente Besucherschar unter den Augen der Inselbevölkerung auf die Promenade begab. Samt den Bodyguards und Höflingen. Um dann unverzüglich im neu erbauten ersten Hotel der Insel einzukehren.
Allerdings, Bodyguards und andere Begleitungen wurden nicht in dieses Resort, wie solche Herbergen heute genannt werden. gebeten, Das wussten Augenzeugen später zu berichten. Die durften in den Nachbarhäusern, den Pensionen und Garni-Hotels, das neue Jahr und Jahrtausend begrüßen.
Schließlich wollte man auch 'mal unter sich sein. Nach all' dem Blitzlichtgewitter stets mitreisender Reporter

und Fotografen.

Was verständlich war, denn höchstrichterlich waren viele der Angereisten, wenn auch nicht direkt benannt, gefragt schon gar nicht, zu Personen eines öffentlichen Interesses bestimmt worden.

Dann, nach zwei Nächten, reiste der Tross, samt Bodyguards und Höflingen, viele mit Begleitung, ab. Nur die Landesmutter hatte sich noch privat Übernachtungen besorgt. Das wurde nicht bemerkt. Viel zu sehr war man mit den Nachwehen des neujährlichen Promiauftriebs auf der Insel beschäftigt.

So war sie, die Landesmutter! Jedem anderen Menschen billigte sie ausdrücklich die Wahrung und Achtung seiner Privatsphäre zu. Erwartete das jedoch auch für sich.
Als bekannt wurde, nach einigen Tagen, dass sie noch auf der Insel weilte, hatte sie sich jedoch bereits in Richtung Festland eingeschifft. Und dann zur „Zentrale", wie sie ihr Büro nannte, gefahren. Es musste wieder und weiter regiert werden.

Wiebke Andresen war nun um ein Erlebnis reicher, dafür wurde sie von ihrem Kaffeekränzchen (immer am Donnerstag um drei am Nachmittag) geneidet.
Und auch, damals im Winter und zum Jahres- und Jahrtausendwechsel, um eine stattliche Einnahme reicher. Denn die Landesmutter kam in Begleitung

ihres Ehemannes, einer Tochter (ohne Mann) und dem Enkelkind einer anderen Tochter. So, wie Familien reisen. Zudem mit zwei jungen Männer, die sollten auf alles aufpassen.
Wiebke Andresen musste also damals, im Winter, das große Ferienhaus herrichten, im kleinen hätten nicht alle Besucher in einem eigenen Bett die sternenklaren Nächte verbracht.

Als die Landesmutter am letzten Abend des Aufenthaltes zu Wiebke Andresen kam, um den Aufenthalt der Truppe zu bezahlen, wurde ihr eine bereits geschriebene und sorgfältige, weil ausführlich spezifizierte, Rechnung vorgelegt. Doch dazu meinte die Landesmutter nur, eine Quittung hätte genügt.

An die angenehmen Tage unter dem Dach des Ferienhauses würde sie sich auch ohne Papier erinnern.

Dann bezahlte sie, vergaß ein anständiges Trinkgeld keinesfalls und nahm die Quittung, von der Vermieterin in der Zwischenzeit und wiederum sehr sorgfältig geschrieben, mit sich.
Am nächsten Vormittag brachte ein Passagierdampfer die Landesmutter und deren Gefolge auf das Festland...

Das ereignete sich bereits vor einem und einem halben Jahrzehnt. Inzwischen sind aus dürren Stämmchen vor den Hotels und Pensionen ansehnliche Bäume geworden.

Stürme, manche währten eine Woche, andere wiederum lediglich Stunden, fegten nicht nur im Winter über die Insel, meist aus nördlichen Richtungen. Mehrere Schiffe havarierten, auch ein Küstentanker. Den ließ man, nachdem die Besatzung in die Boote gegangen war, ausbrennen, zu gefährlich wäre das Abpumpen der Ladung gewesen. Das Wrack wurde nach dem Auskühlen zum verschrotten nach Hamburg geschleppt.

Auch ein Fischkutter kenterte auf See. Die drei Mann Besatzung kamen nie mehr an Land zurück. Als das Unglück bekannt wurde und die drei dann amtlich als verschollen galten, mussten in den Granitstein für die vor der Insel auf See Gebliebenen wieder drei Kerben geschlagen werden...
Und viele, wenn nicht sogar alle, Zimmer der Hotels und Pensionen waren seit ihrer Inbetriebnahme mindestens zweimal renoviert worden.
„Durchgekalkt", wie einige Leute meinten...

Ich hatte in der „Windrose" gebucht. Als einzige aller Pensionen und Hotels waren hier einige Zimmer, obwohl separat, mit dem Nachbarzimmer durch eine Türkombination verbunden. Man konnte sich, ohne über den Flur gehen zu müssen, gegenseitig besuchen. Was unter gewissen Umständen gern genutzt wird, wie man mir ausdrücklich und mit Schalk in den Augen versicherte.
Es waren zwei Türen, jede nur von dem jeweiligen Zimmer zu öffnen, die den freien Durchgang

ermöglichten. So war jeder in seinem Zimmer vor ungewolltem und vor allem, ungebetenem, Besuch sicher.
Derartige Türkombinationen habe ich bisher in Hotels und Pensionen in Aiges Mortes, Camargue, und auf La Gomera gesehen. Nun hatte man solche Türen auf die Insel geholt.

Die Pension, in der ich zwei Zimmer reserviert hatte, war ein Mittelhaus in der bogenförmig gestalteten Bebauung und befand sich vis-a-vis des Alten Hafens. Etwa achtzig Meter von der Pier entfernt.
Auch die linken und rechten Häuser, ebenfalls Pensionen und kleine Hotels, meistens Typ Garni mit jeweils zehn oder zwölf Zimmern, waren inhabergeführt und im Sommer ausgebucht. Wie man mir später sagte.

„Das ist aber großes Glück für Sie, sehr großes Glück sogar, bei uns noch eine Unterkunft gefunden und bekommen zu haben, junger Mann! Gut, dass Sie vorbestellten!", sagte die Frau am Empfang.
Die war wasserstoffblond gefärbt und dauergewellt und jünger, wesentlich jünger, als ich.
„Warum?", fragte ich.
„Ab Pfingsten und dann bis Oktober sind wir voll, ausgebucht! Und in zwei Wochen ist Pfingsten!"
„Aha!"

Es war, noch vor Tagen, nicht vorauszusehen, dass der Frühsommer jetzt ein

Stelldichein feierte: strahlend blauer Himmel, wolkenlos wie selbstverständlich, vom Sonnenaufgang bis zum Sonnenuntergang. Mehr als zwölf Stunden. Und das seit Tagen!

Ich buchte bei der wasserstoffblonden Frau die zwei Zimmer, nebeneinander gelegen und beglich eine Anzahlung.

„Sie müssen sich dann noch anmelden! Meldebestimmungen!", wurde ich belehrt, als ich die Quittung für die Vorauszahlung einsteckte.

„Ich weiß!"

2

Ich besaß nur das Foto. Maike hatte es mir als Anhang ihrer dritten oder vierten E-mail geschickt.
Wir sind uns zufällig, wirklich zufällig, im Netz, wie man mitunter auch das Internet bezeichnet, begegnet.
Keiner von uns hat „geparshipt" und war auch nicht Kunde einer der vielen Kuppelagenturen, die auch im Netz ihre Dienste anbieten.
Zu irgendeinem Geschehen hatten wir unsere Meinung dem Netz anvertraut. Ich verwendete in diesem Fall meinen Klarnamen. Einige Tage später konnte ich eine E-mail lesen: Maike hatte mir geschrieben.

Sie meinte, es wäre ungewöhnlich, wenn jemand seine Meinung ohne Wenn und Aber derart der Öffentlichkeit anbietet. Das, so meinte sie, wäre bemerkenswert. Viele ihrer Freunde und Bekannten beteiligten sich mehr oder weniger regelmäßig an Diskussionen im Netz. Allerdings nur als „Mia 123" oder so ähnlich.

Ich antwortete, noch am gleichen Tag. Und schrieb, wenn ich eine Meinung zu einem Thema habe, dann kann das auch jeder wissen. Anderenfalls behalte ich meine Ansicht für mich. Alles andere tangiert die Heuchelei. Was sagen, ja. Aber nicht 'rum meckern. Und alles schlecht machen. Aber bloß nicht erkannt werden.

Und fügte hinzu, bei dem geistigen Müll und den oft diffamierenden und inhaltsleeren und beleidigenden Kommentaren, die von vielen Zeitgenossen veröffentlicht würden, wäre es angebrachter, diese Leute äußerten sich als, beispielsweise, „Wurzelzwerg 872".

Daraufhin hörte ich lange nichts von Maike. Nach einer Weile versuchte ich, den Kontakt zu ihr wieder einzurichten. Aber leider vergebens. Ich erhielt keine Antwort.

Ich hatte mich damit abgefunden, dass Maike in den unendlichen Tiefen und Weiten des world wide web versunken war, als eines Tages mein elektronischer Briefkasten eine Nachricht von ihr enthielt. So wie ein Komet, der erneut in meine Nähe gekommen war. Ich las und schrieb zurück.

Und seitdem tauschten wir beinahe täglich zuerst Nachrichten, später Ansichten und Meinungen und bald Briefe.

An die dritte oder vierte E-mail kam dann, angehängt und unverschlüsselt, das Foto von Maike auf meinen Rechner. Mit dem Hinweis darauf, nun zu wissen, mit wem ich meine Gedanken bespreche und wurde ebenfalls um ein Foto gebeten.
Das war nur allzu verständlich, denn Maike hatte ein Recht darauf zu erfahren, wer ihre mails empfängt.
Ich schrieb zurück, ein Foto würde einer E-mail angehängt werden.

Passfotos waren, so meinte ich, ungeeignet, mich bei Maike vorzustellen. Diese Bilder konnte ich nicht leiden. Schon gar nicht so, wie sie heute gefordert werden: frontal und möglichst nahe aufgenommen. Da fehlte nur „wanted" am oberen Bildrand eingeblendet.

Deshalb wurde Jonas, ein guter Bekannter, beinahe schon ein Freund, um einige Fotos von mir „aus der Bewegung" gebeten.
Wir gingen in den Garten hinter dem Haus, setzten uns und sprachen miteinander und dabei entstanden dann die Bilder. Von mir nahezu unbemerkt.
Eines wählte ich aus und schickte es noch am gleichen Abend an Maike.

Das war vor ungefähr einem Jahr. Und nun hatten wir uns auf der Insel verabredet. Maike hatte den Vorschlag gemacht und schrieb, sie wollte bis nach Hamburg mit dem Zug fahren und dann mit dem Katamaran zur Insel kommen.

Ich erwiderte, so richtiges „Inselfeeling", auch Vorfreude, erfährt man erst dann, wenn die Anreise mit einem der weißen Dampfer erfolgt. Zum Beispiel von Cuxhaven oder von Bremerhaven.

Nach einigem Hin und vielem Her hatte ich Maike von der Abfahrt in Bremerhaven überzeugt.
Drei Stunden Fahrtzeit benötigte sie auch von Hamburg, allerdings im geschlossenen Katamaran ohne frische Brise. Das akzeptierte Maike und wir verabredeten uns dann auf der Insel.

Ich kam einige Stunden vor unserem Treffen auf die Insel, wollte, dass unsere erste Verabredung gelingt. Dazu gehörte auch, ohne Bedenken das vorbestellte Quartier abzusagen und woanders 'was geeigneteres zu suchen. Gründe dafür hatte ich genügend finden können, da war ich mir sicher.
Doch das war nicht erforderlich, weil alles zu meiner Zufriedenheit und in Ordnung. So, wie ich es erwartet hatte.
So hielt ich die Reservierung in der Pension am Alten Hafen aufrecht, was ich Maike noch einmal per E-mail bestätigte.

Nachdem ich mein Gepäck in der Pension abgestellt hatte, die Zimmer waren erst ab um drei Uhr am Nachmittag frei, ging ich wieder zum Hafen und setzte mich auf eine Bank, um zu beobachten. An Häfen gibt es immer interessante Dinge zu sehen.

„Wenn aus dem Gewerbegebiet am Hafen unverhofft viele Menschen kommen, dann hat entweder der Katamaran oder eines der Schiffe, die aus Niedersachsen die Insel anlaufen, festgemacht. Das

bekommen Sie mit!", erklärte mir die blonde Frau am Empfang.
Ich nickte stumm und ging. Runter zum Hafen.

Meine bisherigen Wohnorte, ausnahmslos alle, lagen immer am Meer. Oder wenigstens so, dass es ohne größere Umstände erreicht werden konnte. Das war für mich durchaus ein Kriterium, um mich wohl zu fühlen. Wenigstens einmal in der Woche musste ich den Geruch von Tang und Fisch und Salz und Meer tief einatmen. Und Schiffe sehen. Und Hafen hören.
Und spätestens nach einigen Wochen musste ich wieder mit einem Schiff fahren. Wenn nur mit der Kanalfähre im Winter. Dann, wenn die Passagierschiffe in den Werften für die neue Saison vorbereitet wurden.

Bevor ich mich auf die Bank am Alten Hafen setzte, kaufte ich mir ein Fischbrötchen. Übrigens mit köstlichem Matjeshering belegt.
Ich hatte noch nicht das erste Mal von dem Brötchen abgebissen, als ein kleiner Schwarm Strandkrähen sich in meiner Nähe niederließ. Woanders werden die Vögel auch Meereskrähen genannt. Andere Regionen, andere Namen. Doch es sind nur Möwen. Lachmöwen. Die weißen Vögel mit dem braunen Kopf.
Meine ornithologischen Kenntnisse sind sehr bescheiden, aber Möwen kenne ich. Bereits seit meiner Kindheit. Aber darüber wird noch zu sprechen sein.

Die Vögel hockten weniger als zwei Meter von mir entfernt auf dem verwitterten Beton der Pier und starrten auf mein Fischbrötchen. Jedenfalls kam mir das so vor.

Die Möwen beobachteten mich, dessen war ich mir sehr sicher. Denn, immer wenn ich das Brötchen, was ich in meiner rechten Hand hielt, zum Mund führten, folgten sie mit den Köpfen dieser Bewegung.

Und allmählich begann ich zu ahnen, die Vögel würden jede sich ihnen bietende Gelegenheit nutzen, um wenigstens ein Stück von dem Fisch oder vom Brötchen zu bekommen. Am liebsten selbstverständlich von beidem und am allerliebsten alles das, was ich in den Händen hielt.

Als ich die Hand, in der ich das Brötchen hielt, etwas senkte, etwa bis zur Höhe der Sitzfläche der Bank, war das zunächst für zwei Tiere, später folgten dann weitere Vögel, Anlass genug und Aufforderung zugleich, sich der Bank und mir und dem Brötchen zu nähern.

Dann hob ich die Hand und die Möwen gingen wieder auf ihre alte Position zurück.

Es wäre ebenso nicht gut, dachte ich mir, dass Fischbrötchen, besser, den Rest davon, zu weit entfernt oder auch zu hoch zu halten.

Ich wollte nicht dafür garantieren, dass dann die mutigsten der Möwen, wenn nicht gar nur die Kühnste allein, sich aus dem Stand, von ihrer Grundlinie, in die Luft schwingen und noch während des Starts mir diese Reste aus der Hand reißen würde.

Darum beeilte ich mich, den aktuellen Bissen zu zerkauen und zu verschlucken. Um dann den Rest des Brötchens zu essen und mit leeren Händen auf der Bank zu sitzen, noch bevor die Möwen ihre Chancen kalkuliert hatten.

Gemütlich auf dem Rest des Brötchens mit dem köstlichen Matjes kauend und meine Hände mit der

Papierserviette reinigend.
Aber soweit war es noch nicht!
Noch einmal musste ich abbeißen, dann erst konnte ich mir den bereits erwähnten Rest vom Fischbrötchen mit Matjeshering in den Mund schieben.

Ich hielt den noch zwei Happen großen Rest des Brötchens zwischen Daumen und dem Zeigefinger der linken Hand und ein Stück, das letzte Stück Matjes, baumelte da heraus.
Genau in dem Moment, als ich meinen Arm etwas angehoben hatte, um Brötchen und Fisch zum Mund zu führen, flog eine Möwe, bestimmt die Mutigste der wartenden Vögel, auf stürzte sich mit krächzendem Geschrei auf die Reste des Fischbrötchens in meiner Hand!
Ich war überrascht! Damit hatte ich nicht gerechnet!

Denn es gelang der Möwe tatsächlich, mir den Brötchenrest mit dem Stück Matjes aus der Hand zu reißen und damit eiligst und in hohem Bogen über den Alten Hafen, den Museumshafen, zu fliegen und weit, sehr weit von der Bank entfernt, auf dem Wasser zu landen.
Ich war so verwundert über die Dreistigkeit des Vogels einerseits und dessen Geschicklichkeit, mit der dieser mir seine Beute entwendete andererseits, dass ich einige Augenblicke sprachlos auf der Bank saß und den Resten meines Fischbrötchens, das sich nun im Schnabel der Möwe befand, nachblickte.

Während ich das Unfassbare zu begreifen versuchte, hatten sich die anderen Möwen still und ohne viel Aufsehen zu verursachen, entfernt. Für sie war der Platz, zwei Meter vor meinen Füßen, nun nicht mehr interessant!

Ich wischte meine Finger an der dünnen Serviette ab, knüllte das Papier zusammen und warf es in den Korb neben der Bank. Dann lehnte ich mich zurück.

Oft hatte ich über klauende und respektlose Möwen gelesen oder über sie gehört. Dass ich allerdings eines Tages und völlig überraschend das Opfer einer Attacke dieser Vögel werden könnte, war für mich jenseits jeder Vorstellung!

Nun fehlte nur noch eine Stimme, egal woher, die mir zuraunte:

„Willkommen im Club!"

Die Möwen hatten längst ein neues Opfer erspäht und begannen dessen Observierung, als ich überlegte, was ich mit Maike vereinbart hatte und woran wir einander erkennen wollten.

Ich blickte über das graublaue Wasser des Hafens. Zwischen dessen Einfahrt und dem Horizont sah ich einen Passagierdampfer, der unbeirrt Kurs auf die Insel hielt.
Es musste dieses Schiff sein, mit dem Maike kommt.
Aber noch war der Dampfer weit entfernt und Details nicht zu erkennen.
Lediglich, dass es ein Passagierdampfer auf die Insel zusteuerte, konnte ich zweifelsohne beobachten.
Ich meinte, eine Stunde, mindestens eine Stunde,

dauerte es noch, bis der Dampfer den Hafen erreicht hätte, um dann wenig später vertäut an der Pier zu dümpeln.
Nachdem die Fahrgäste das Schiff verlassen, sich ausgeschifft hatten, wie Kenner der Szene dazu sagen.

Somit blieb noch genügend Zeit, mir zu überlegen, wie ich Maike auf mich aufmerksam machen sollte. Trotz oder gerade wegen den vereinbarten Markierung.

Ich sah, wie sich nun noch ein Passagierdampfer der Insel näherte, allerdings noch weiter entfernt als das Schiff, welches ich zuerst ausgemacht hatte.
Deshalb überlegte ich, ob beide Schiffe annähernd gleich groß waren. Oder ob vielleicht das weiter entfernte größer war.

Ich dachte an die beiden Sterne Alcor und Mizar im Sternbild des Großen Wagen.
Dann, wenn der Beobachter nur mit raschem Blick in den Nachthimmel und sofort zu diesem Sternbild schaut, wird er die beiden Sterne in der Deichsel des Großen Wagen kaum erkennen. Zu dicht sind sie scheinbar beieinander und werden daher als „Augenprüferstern" bezeichnet. Deshalb, weil früher, zur hohen Zeit der Windjammer, so wird berichtet, die Schärfe des Augenlichtes am Erkennen dieser beiden Sterne geprüft wurde.

Dort, wo in der Deichsel des Großen Wagens ein Knick zu erkennen ist, befindet sich, deutlich sichtbar,

Mizar, 78 Lichtjahre von der Erde entfernt und dicht, sehr dicht daneben, der drei Lichtjahre weiter entfernte Alcor.

Auffallend dabei ist, wir sehen Mizar deutlicher. Obwohl Alcor größer ist. Nur, Mizar ist näher an unserem Auge, drei Millionen Lichtjahre näher. Und deshalb scheinbar größer.

Ich erinnerte mich an das Tagebuch des Dichters Walter Kempowski. Der schrieb am Beginn des Jahres 1989, als er über Alcor und Mizar nachdachte, in sein Tagebuch:

„Dinge, die nebensächlich erscheinen, sind dann die Hauptsache!"

Interessant ist in diesem Zusammenhang, dass Kempowski wohl nicht ahnte, auch nicht ahnen konnte, as Jahr 1989 würde noch für weitere Einträge in die Geschichtsbücher Sorge tragen.

Die Passagierdampfer hatten sich weiter der Insel genähert, als mein Handy in der Jackentasche summte und vibrierte.

Maike meldete sich:

„Ich bin gleich da! Nur noch wenige Minuten. Wir sind kurz vorm Hafen!"

Ich spürte, Maike war sehr aufgeregt, als sie weiter sagte:

„Ich freue mich! Und wie erkenne ich dich? Wo bist du?"

„Auf einer Bank warte ich und schaue aufs Meer und sehe, wie dein Schiff in den Hafen fährt. Und soeben musste ich mein Fischbrötchen gegen gefräßige Strandkrähen verteidigen!"

„Möwen?"

„Ja!"

Ich hatte gemeint, der Begriff „Strandkrähe" wäre Maike nicht bekannt und war nun verblüfft darüber, dass ich mich geirrt hatte.

„Und wo bist du?", fragte Maike erneut.

„Am Alten Hafen."

„Ich werde dich finden!"

„Ich warte!"

Ich blickte zum Hafen und konnte beobachten, die Möwen machten jetzt einem anderen Mann das Fischbrötchen streitig. Doch das interessierte mich nicht!

Ausschließlich wichtig war jetzt für mich, Maike würde in wenigen Minuten neben mir stehen!

Jetzt bemerkte ich, dass mich Erwartung und Freude zu beherrschen begannen.

„Wäre auch sehr schlimm, wenn das nicht passierte!", sagte ich leise und ergänzte nach wenigen Augenblicken:

„Dann hättest du dir die Reise auf die Insel ersparen können!"

Damals, als Maike den Vorschlag zu unserem Treffen auf der Insel äußerte, war ich sofort von dieser

Idee begeistert. Deshalb, und genau deshalb, durfte ich jetzt auch keine Bedenken aufkommen lassen! Und welche Bedenken? Ich war niemandem und keinem Menschen verpflichtet zu erklären, warum ich genau dieses Tage gemeinsam mit Maike auf der Insel erleben wollte.

Eines der Passagierschiffe, das erste, welches ich vorhin gesehen hatte, hatte bereits das Hafenbecken erreicht. Es wurde manchmal von mehreren anderen Schiffen verdeckt, eines davon war der auf der Insel stationierte Seenotrettungskreuzer.

Und das andere Passagierschiff hatte sich der Insel soweit genähert, dass ich die Bugwelle erkennen konnte. Aber auch, dass beide Schiffe annähernd gleich groß waren.

Durch eine Lücke zwischen zwei anderen Schiffen mit denen Monteure zum Hochseewindpark fuhren, konnte ich nach einer Weile, als das Schiff weiter in das Hafenbecken gefahren war, jetzt das Anlegemanöver beobachten. Eigentlich war nicht viel zu sehen, auch Kommandos hörte ich nicht. Auch sah ich nicht, wie die Festmacheleinen über die Poller gelegt und dann straff gezogen wurden. Aber dennoch meinte ich, alles genau, sehr genau sogar, beobachten zu können.

Nur die Tatsache, dass ich bereits sehr oft aus unmittelbarer Nähe das Festmachen eines Schiffes an einer Pier beobachtet hatte, ließ mich wissen, was da drüben mit dem Passagierdampfer geschah.

Dann quoll ein letztes Mal auf diesem Törn vom Festland zur Insel eine blau-schwarze Abgaswolke aus dem Schornstein. Ich wusste, im gleichen Moment wurde die Reling geöffnet und die Gangway herangezogen.

Der Schiffsdiesel hatte seine Arbeit eingestellt und die Passagiere begannen, das Schiff zu verlassen.

Gleich würde mir Maike entgegen kommen.

Wenige Augenblicke später hatten die Möwen dem Mann das halbe Fischbrötchen entwendet. Aber daran, dass konnte ich beobachten hatte er eine erhebliche Mitschuld. Er hielt das Brötchen nicht in der Nähe seines Körpers!
Im Gegenteil! Zwischen den Beinen baumelten seine Arme und in den Händen hielt er das für die Vögel begehrenswerte Fischbrötchen.
Und nun dauerte es nur noch wenige Augenblicke, bis sich eine der Möwen der Bank unbeobachtet, weil von hinten, näherte und ohne viel Geschrei und Spektakel dem Mann das Brötchen aus der Hand schnappte.
Schnell, kaum zu beobachten, eilte die Möwe mit dem Diebesgut im Schnabel unter der Bank hervor. Und als der Mann den Verlust bemerkte, hatte der Vogel bereits den Abflug begonnen.

Den konnte auch das Schreien und Schimpfen des Mannes über die Frechheit des „blöden Mistvieh" nicht aufhalten. Elegant erhob sich der Vogel, gefolgt von einigen Artgenossen, in die Luft und schwebte in weitem Bogen davon.

Der Mann wischte sich mit der zu jedem Fischbrötchen übergebenen Papierserviette sorgfältig die Hände sauber, knüllte das Papier zusammen und warf es mit kräftigem Schwung in das Hafenbecken des Alten Hafens. Nach wenigen Minuten war es mit Wasser vollgesogen und sank langsam in die Tiefe. Dort war es als heller Fleck noch lange zu sehen.

Das alles geschah, während ich darauf wartete, die vorhin angekommenen Passagiere kamen um die Ecke des Gebäudes, in dem die Gepäckabfertigung war.

Dann war es soweit!

Einem Wettlauf gleich liefen die Passagiere um die Ecke des Gebäudes und eilten auf die Insel.

Denen folgte eine weitere Gruppe, wohl eine Reisegesellschaft, dann noch einige Personen. Die trieb keine Eile, die hatten es nicht so eilig, dem Hafen zu entfliehen.

Jetzt kam niemand mehr. Ich blickte noch einige Momente zu dem Gebäude, in dem sich Gepäckabfertigung befand, aber trotzdem kam kein Mensch um die Ecke des Hauses.

Ich sah ein, nicht weiter darauf zu warten, dass eine junge Frau selbstbewusst zu der Bank, auf der ich wartete, kam und sagte, sie wäre Maike.

Also, schlussfolgerte ich, kommt sie mit dem zweiten Passagierdampfer!
Der musste wohl inzwischen, so vermutete ich, dicht unter Land sein. Wenn er nicht sogar bereits die Hafeneinfahrt passiert hatte. Auf See war er nicht mehr auszumachen.

Irgendein Manöver im Hafen konnte ich ebenfalls nicht beobachten, denn die Lücke zwischen den Montageschiffen war durch des ersten Passagierdampfer versperrt, der bereits an der Pier vertäut war.

So blieb mir nichts weiter übrig, nun solange zu warten, bis erneut Passagiere um die Ecke der Gepäckabfertigung liefen und auf die Insel eilten.

Ich stand auf und ging einige Schritte bis zur unmittelbaren Hafenkante. Dort sprach mich ein älterer Herr an, der etwas wissen wollte. Was, das habe ich vergessen.

Genau in diesem Moment bogen erneut Menschen um die Ecke des Gebäudes und gingen wenige Augenblicke später sehr schnell an mir vorbei und diskutierten dabei, in welchem Laden der beste akzisefreien Schnaps angeboten wurde.

Sie hatten nur wenige Stunden, drei oder vielleicht auch vier, Aufenthalt auf der Insel.
Jetzt gingen noch einige Nachzügler an mir vorbei, dann waren alle Passagiere unterwegs auf der Insel.

Maike musste an mir vorbei gegangen sein,

während ich auf der Pier stand und nicht auf der Bank saß!

Ich kramte aus der Tasche meiner Jacke ein kurzes Stück Bindfaden (dass hatte ich immer bei mir) und wie zufällig auch einen alten Kassenbon. Auf dessen Rückseite schrieb ich ein dickes und großes „M". Dann pulte ich vorsichtig ein Loch in den Zettel, zog den Bindfaden hindurch und befestigte den Kassenbon so an der Lehne der Bank, dass das „M" deutlich zu erkennen war.

Noch einmal blickte ich mich um. Aber weder links noch rechts neben der Bank war jemand zu sehen.

Nur der Alte, der mich vorhin etwas gefragt hatte, stand mit auf dem Rücken verschränkten Händen auf der Pier und blickte über den Hafen auf das Meer.

„Maike ist nicht gekommen!", sagte ich leise, „Wer weiß, woher der Anruf auf mein Handy kam!"

Ich war enttäuscht und traurig. Warum hatte Maike mich versetzt? Ein offenes Wort wäre ehrlicher gewesen!

Langsam ging ich zu den kleinen Buden, in den Händler die unterschiedlichsten Dinge anboten: Bücher, Souvenirs, Mützen und Schals aus der Wolle der Inselschafe gestrickt. Und Fischbrötchen.

Doch dann entdeckte ich etwas Besonderes!

Zwischen den Souvenir- und Andenkenläden und -buden gab es einen, in dem eine Frau Steine anbot.

Rote, hellrote, braunrote, gelbrote, auch wenige orange Steine glänzten in unterschiedlicher Größe und lagen in Kisten und Kästen.

Auch auf dem Fußboden standen Kisten mit den unterschiedlichen roten Steinen, die nach der Größe sortiert waren.

Ich hockte mich vor eine der Kisten, um darin zu suchen.

„Sie haben sich sehr bemüht!", hörte ich jemanden sagen.

Ich stutzte und suchte nicht weiter in der Kiste. Und als ich hörte, wie aufwendig es wäre, die Steine zu bearbeiten, hatte ich keinen Zweifel daran, dass ich die Stimme kannte! Dieser kaum wahrzunehmende Dialekt in der Stimme war nicht immer zu hören!

Ich richtete mich auf und blickte in ein sehr fein gezeichnetes Gesicht und in ein blaues und in ein grünes Auge!

Jetzt hatte ich keinen Zweifel, vor mir stand Maike!

„Was machst du denn hier?", fragte ich.

„Und du?"

„Du bist nicht zur Bank gekommen!"

„Stimmt!"

„Da hast du nicht gesessen!"

„Ja!"

„Als ich um die Ecke dort vorn gekommen bin", sagte Maike, „war die Bank leer!"

„Da muss ich dir recht geben! Ich hatte mich für wenige Augenblicke erhoben, weil ich nicht weiter sitzen konnte. Und dann fragte mich der alte Mann, der noch immer da steht, etwas. Während ich ihm die Auskunft gab, kamen Passagiere vom Schiff an der

Bank vorbei!"

„Und ich habe die leere Bank gesehen und dachte, du kommst gleich wieder und bin dann in diese Steinbude gegangen!", Maike sah mich an und sagte dann noch:

„Nun ja, aber wir haben uns ja getroffen. Und das ist wichtig!", Maike strahlte mich vor Freude und Glück an. Ich roch ihre nach Seewind und Meer duftende Haut. Dann suchte sie meine Hand und zog mich aus dem Laden mit den roten Steinen.
Draußen sagte sie:

„Da wollen noch andere Leute 'rein. Außerdem hat die Frau enorme Preise!"

„So?"

„Ja! Ich habe früher, lang ist es her, beim Juwelier gearbeitet!"

„Wann?"

„Während des Studiums. Ich brauchte Geld. Und der Job beim Juwelier war eine sehr gut bezahlte Nebentätigkeit. Eine von denen, die unter der sprichwörtlichen Hand weiter gegeben werden!"

„Aha!"

„Wollen wir gehen?", fragte Maike.

„Ja!"

Maike hatte ihren Rucksack über eine Schulter gelegt und ich blickte zum Alten Hafen und sah, dass der alte Mann tatsächlich noch immer auf der Pier stand. Mit auf dem Rücken verschränkten Händen blickte er auf das Meer.

„Komm! Ich zeige dir etwas!", sagte ich und ging voran zur Bank.

Dort flatterte noch immer der Kassenbon, mit dem „M" beschrieben, an der Lehne.
Als Maike den Zettel sah, sagte sie:
„Den nehme ich mit!"
Sie löste vorsichtig den Bindfaden von der Sprosse der Banklehne, nahm den Zettel und faltete den einmal, genau in der Mitte, sorgfältig zusammen, bevor sie ihn in der Innentasche ihrer Jacke verstaute.
„Ich sammele solche Andenken!", erklärte Maike und setzte sich auf die Bank.
„Hier hast du also gesessen und auf mich gewartet? Gesessen und gewartet?"
„Ja! Und mir von einer Möwe den letzten Happen des Fischbrötchens klauen lassen. Welche das war, die mich bestohlen hat, kann ich dir nicht sagen."
„Glaube ich dir. Die sehen doch alle gleich aus. Zumindest die meisten!"
„Stimmt! So, als hießen sie Emma!"
„Ja!"
Ich hatte mich neben Maike gesetzt und meinte dann, nach einer Weile:
„Von hier aus habe ich dein Schiff gesehen, als es noch ein kleiner weißer Punkt am Horizont war!"
„Das hattest du mir bereits am Telefon gesagt!", Maike sah mich an und meinte weiter, während sie mich mit ihren zweifarbigen Augen ansah:
„Als ich dich nicht auf der Bank sitzen sah, dachte ich im ersten Moment, du hättest mich, aus wer weiß was für Gründen, genarrt. Verschaukelt!"
„Wie meinst du das?"
„Na, zum Beispiel würdest du bei dir zu Hause im Garten oder auf dem Balkon sitzen... Man weiß doch

bei einem Anruf mit dem Handy nie, wo der andere sich befindet!"

Ich überlegte einige Augenblicke, während der mir einfiel, dass ich vorhin ähnliche Gedanken hegte und sagte dann:

„So! Das hast du dir also gedacht! Und, vor allem, über mich gedacht! Das fängt ja gut mit uns beiden an!", ich blickte Maike aus den Augenwinkeln an.

Und dann mussten wir beide laut lachen. So laut und so lange, dass andere Leute, die zufällig vorbei kamen, stehen blieben und begannen, über uns zu reden.

Maike meinte zwischen zwei Lachanfällen:

„Wir sollten nun wieder mit unserer Albernheit aufhören. Die Leute bleiben schon stehen... Und bald wird man uns abholen...!"

„Oder wir bekommen, jeder einzeln, eine Beruhigungsspritze in den Oberschenkel und werden dann..."

„... abgeholt!", ergänzte Maike.

Dann, wie zur Bestätigung und auch, um unseren Willen, sich nun wieder vernünftig zu benehmen, zu bekunden, setzten wir uns sehr aufrecht auf die Bank. Dabei grinsten wir uns an und Maike meinte wenig später:

„Geht doch!"

„Ja!"

Ich zog Maike an ihrer linken Hand von der Bank hoch und dann gingen wir an der linken Seite des Museumshafens dorthin, wo sich an der Spitze eines Steinwalles ein etwa drei und einen halben Meter hoher und roter Leuchtturm befand. Auch das Glas an der Spitze war rot.

Gegenüber, auf der anderen Seite der Hafeneinfahrt, war ebenfalls ein Steinwall als Verlängerung der Pier aufgeschüttet und an der Spitze stand ebenfalls ein Leuchtturm. Genauso hoch und ebenso konstruiert. Allerdings grün angestrichen.
Maike fragte mich:

„Warum ist der eine Leuchtturm rot und der andere Grün? Ist das Zufall?"

„Nee, auf See und mit allen Dingen, die mit der Seefahrt zu tun haben, ist nichts und wird nichts dem Zufall überlassen. Das Wetter und andere Naturgewalten manchmal ausgeschlossen..."

„Dachte ich mir!"

„Rot kennzeichnet auf einem Schiff, in Fahrtrichtung die linke Seite. Und grün demzufolge die rechte, die Steuerbordseite. Kommt nun ein Schiff bei Dunkelheit von See in Hafennähe oder in die Nähe der Hafeneinfahrt und die beiden Leuchttürme sind in Betrieb, dann ist das mit einem entgegenkommenden Schiff zu vergleichen. Das, wie vorgeschrieben, links rotes und rechts grünes Licht, Laternen, wie der Fahrensmann sagt, gesetzt hat."

„Aha! Habe verstanden. Und, warum nennt man nun die rechte Seite Steuerbord und die linke ist die Backbordseite?"

„Auf den Segel- und Ruderbooten der Wikinger war das Ruder nicht achtern, also am Heck, sondern auf der rechten Seite. In Fahrtrichtung gesehen. Also war das die Steuerbordseite!

„Das wusste ich nicht!", sagte Maike.

Ich muss sie recht mitleidig angesehen haben, denn sie sagte dann noch:

„Ich hatte noch nie etwas mit Schiffen und Seefahrt zu tun. Bin heute das vielleicht vierte oder fünfte Mal in einem Hafen. Bin eben eine Landratte!"

„Macht nichts! Auch nicht jeder, der hinterm Deich oder am Hafen wohnt, ist ein wandelndes Meeres- oder Seefahrtslexikon!"

„Dann bin ich ja beruhigt! Und wie kommt die andere Seite, Backbord, zu ihrem Namen?", Maike sah mich erwartungsvoll an.

„Dafür kenne ich zwei Erklärungen. Während nun der Rudergänger die auf der rechten Seite befindliche Pinne bediente, um das Schiff auf Kurs zu halten, stand er mit dem Rücken, mit seiner Hinterseite, zur anderen Schiffsseite. Und die Rückseite wird im englischen als 'back' bezeichnet..."

„Und die andere Begründung?"

„Links, in Fahrtrichtung betrachtet, war auf den Schiffen immer die Kochstelle. Als Back wurde auf Schiffen auch die Schüssel bezeichnet, in der man das Essen austeilte."

„Wieder 'was gelernt!"

„Aber, liebe Maike, warum nun der Backbordseite rotes Licht und auf der Steuerbordseite grünes Licht zugewiesen wurde, das kann ich dir nicht sagen. Ich kann dir allerdings noch sagen, dass der Schlafplatz des Kapitäns auf den Schiffen der Wikinger rechts war. Er sollte, wenn erforderlich, schnell an der Ruderpinne sein. Und weil Seeleute sehr traditionsbewusst sind, ist die Kajüte des Kapitäns auch heute noch auf jedem Schiff an Steuerbord..."

„Und die Küche, auf Schiffen Kombüse genannt, ist immer an Backbord! Auch auf den Passagierschiffen, die zur Insel kommen! Außer bei den Musikdampfern, da ist das anders, Da befindet sich die Kombüse unter Deck und im Bug. Mittschiffs und nach achtern sind die Gesellschaftsräume…"

Maike sah mich verwundert an, dann fragte sie:

„Auf was für Schiffen? Was sind Musikdampfer?"

„Kreuzfahrtschiffe. Da dudelt doch stets und ständig irgendwelche Unterhaltungsmusik. Zumindest meistens, um die Leute zu bespaßen."

„Stimmt! Ich bin 'mal mit einer Bekannten von Malaga auf die Kanaren gefahren. Jetzt, da du das sagst, kann ich mich daran erinnern, dass hinten Musike spielte und vorne Musike spielte und im Salon wurde zum Tanz gebeten. Das Schiff war ja eigentlich in Ordnung und die Leute von der Besatzung haben sich sehr viel Mühe gegeben. Aber nie wieder solche Reise!"

„Warum nie wieder?", fragte ich.

Doch Maike hatte meine Frage wohl nicht verstanden und sagte statt dessen:

„Dann lieber mit zwölf Mann und auf 'nem Segler über den Atlantik. Oder Frachtschiffsreisen. Da bist du mit den Jungs von der Besatzung allein. Die müssen arbeiten und lassen dich in Ruhe. Und alles ohne Dudelmusik und Zwangsbespaßung."

Während Maike über Seereisen und die für sie interessanten Schiffspassagen berichtete, waren wir auf der Pier zurück gegangen und sie fragte mich nun:

„Wo ist denn unsere Unterkunft? Hotel oder

Pension?"

„Da vorn, das weiße Haus. Dritter Eingang von links!"

„Na, dann wollen wir mal schauen!"

Ich hatte nicht bemerkt, dass Maike, während unseres Spazierganges auf der Pier des Museumshafens, ihren Rucksack getragen hatte. Doch deswegen sagte ich nichts. Es war mir peinlich, das nicht bemerkt zu haben. Und eine ironische Bemerkung, die durchaus gerechtfertigt wäre, wollte ich nicht hören.

Wir gingen zur Pension und kamen an der Bank vorbei, auf der ich auf Maike gewartet hatte.

Zwei alte Menschen, eine Frau und ein Mann, wahrscheinlich ein Ehepaar im Herbst ihres Lebens und ebenso wahrscheinlich schon immer miteinander verheiratet, hatten sich auf der Bank offensichtlich für längere Zeit eingerichtet.
Neben jedem der beiden waren aus einem geöffneten kleinen Wanderrucksack für ihn wichtige Dinge ausgepackt und neben der Frau und dem Mann auf der Bank verteilt.
Weil jeder der beiden Alten zudem in der einen Hand ein Fischbrötchen hielt, standen, wie erlebt, ein halbes Dutzend Möwen im Halbkreis um die Frau und den Mann und warteten.
Deren Geduld schien belohnt zu werden!
Manchmal warf einer der beiden, 'mal der Mann, dann die Frau, den Möwen einige Brocken zu, die jeder von

ihnen aus einem Brotlaib zupfte, der zwischen ihnen lag.
Und während sich nach jedem Wurf die Möwen um die Brotbrocken stritten, aßen die beiden Alten genüsslich und ruhig die Fischbrötchen.
Kamen die Möwen der Bank zu nahe, wurden sie erneut mit einem oder mehreren Brotbrocken auf Distanz gebracht...
Mich erinnerte diese Szene an ein Lied des belgischen Musikers und Sängers Salvatore Adamo. Er beschrieb in einem Lied, wie er eine alte Frau, die auf einer Bank in Paris und an der Seine saß, dabei beobachtete, wie sie Vögel fütterte
Maike war von der Szene ebenfalls beeindruckt. Sie blieb stehen, nahm meine Hand, als sie sagte:
„Da ist schon poetisch! Die beiden Alten essen Fischbrötchen und füttern nebenbei die Möwen!"

Wir standen vor verschlossenen Haustür der Pension und Maike sah mich erstaunt an.
„Ich dachte..."
Doch ich beruhigte sie:
„Wir sind nicht in Hamburg und haben nicht im „Atlantik" gebucht..."
„Das sehe ich!"
„Es ist hier eben alles ein wenig familiär. Hier auf der Insel..."
Ich grinste Maike an und dann kramte ich ein Schlüsselbund aus der Tasche meiner Jacke. Der größere der beiden Schlüssel war der Haustürschlüssel.

Selbstverständlich gewährte ich Maike den

Vortritt und als ich sagte, im Haus wäre momentan Mittagsruhe und die Angestellten sind zu Hause, fiel die Haustür, von mir festgehalten, jetzt leise klickend in das Schloss. Ein Schild, innen am Rahmen befestigt, erinnerte daran, die Tür müsse nun verschlossen werden.

„Woher ist der Schlüssel?", Maike sah mich gleichermaßen fragend und erstaunt an.

„Ich war schon hier und habe mein Gepäck abgestellt und uns angemeldet. Da habe ich den Schlüssel bekommen!"

„Aha!"

„Und hier, meine liebe Maike, ist dein Schlüssel!", ich zog aus der anderen Tasche meiner Jacke ein weiteres Bund und überreichte es.

„Na denn!", sagte sie, „Danke! Du kennst dich hier also bereits aus. Wo werden wir wohnen?"

„Die Treppe hoch und dann die ersten beiden Zimmer links! Komm!"

Wir gingen die Treppe hinauf. Oben nahm ich Maike das Schlüsselbund aus der Hand, öffnete die Tür zu ihrem Zimmer und sagte:

„Bitte eintreten! Mit Meeresblick!"

Dann schob ich sie sehr sanft in das Zimmer und sagte:
„Ich wohne nebenan!"

Maike sollte, das war meine Absicht, das Helle des Raumes, der jetzt sonnendurchflutet war und die schöne, beinahe ergreifende, Aussicht auf die Häfen und das Meer zunächst alleine erfahren. Und hoffentlich auch genießen!

Sie hatte mir in einer der letzten E-mails vor unserem Treffen auf der Insel mitgeteilt, dass sie, und das besonders im Sommer, die drückende, an manchen Tagen beinahe erdrückende Hitze in der Stadt als nahezu unerträglich empfindet.

Die Stadt, in der Maike wohnte, lag in einem großen und flachen Tal und war von Wäldern umgeben. In einiger Entfernung grüßten Hügelketten und manchmal auch Berge. So war es beinahe unmöglich, dass sich ein Hitzestau an den Sommertagen auflöste. Manchmal gegen Morgen, wenn die Amseln das Morgenlied sangen, wurde es etwas kühler, berichtete Maike. Die Menschen öffneten jetzt die Fenster ihrer Wohnungen und Zimmer. Und manchmal, aber nur manchmal, besonders an den Wochenenden, kündeten verhaltene, leise Rufe und unterdrückte Laute von erotischen Begegnungen der besonderen Weise, denen bald eine Zufriedenheit ausstrahlende Ruhe folgte, bevor die Menschen begannen, des Tages Mühen zu begegnen.

Während ich das überlegte, stand ich am Fenster neben der weit geöffneten Balkontür und schaute über die Häfen und auf das Meer.

Am Horizont begegneten sich zwei Schiffe: ein

Passagierdampfer und ein Frachtschiff. In den Museumshafen lief ein Segler, ein Gaffelschoner, ein. Der vordere Mast, der Fockmast, war niedriger als der zweite Mast. Dieses war der Großmast. Deswegen war der Segler ein Schoner. Der hatte allerdings die Segel gerefft und fuhr statt dessen mit Motorkraft. Was, das hatte mir ein befreundeter Skipper 'mal erklärt, das Anlegemanöver erleichtert.

Einige Male hatte ich Gelegenheit zu beobachten, wie Segler, größere Schiffe unter Segeln festmachten. Das war für mich jedes Mal ein beeindruckendes Erlebnis gewesen.

Warum der Segler mit Motorkraft in den Museumshafen einlief, war mir nicht bekannt. Und ich konnte auch keine widrigen Umstände erkennen. Wir hatten weder Sturm noch Flaute.

Der Motor des Seglers war nun soweit gedrosselt, dass das Schiff sehr kleine Fahrt machte. Jetzt lag es nur noch etwa drei oder vier Meter von der Pier und dazu parallel, entfernt im ruhigen Hafenwasser. Leinen wurden übergeben und von den eigens dazu herbeigeeilten Männern über die Poller gelegt. Ein kurzes Rucken war zu beobachten und mit den Tauen wurde der Schoner an die Pier gezogen.

Dann lag der Segler fest vertäut an der Pier. Genau vor der Bank, auf der ich gesessen hatte, als ich auf Maike wartete.
Eine Gangway wurde herbei geschafft und dann verließen einige Passagiere, vielleicht fünfzehn oder zwanzig Personen, das Schiff. Ein kräftiger Mann mit

einer blauen Latzhose und einem rot kariertem Hemd bekleidet, war behilflich.

Ich blickte wie gebannt zum Museumshafen und zu dem Gaffelschoner und hörte nicht, dass Maike an die Tür meines Zimmers geklopft hatte. Ohne das ich es bemerkte, stand sie dann neben mir und fragte:

„Ist alles in Ordnung?"

„Warum nicht?"

„Du hast mein Klopfen nicht gehört und ich dachte, vielleicht sollte ich nach dir sehen..."

„Das ist lieb von dir! Aber es ist wirklich alles in Ordnung!", antwortete ich und blickte erneut zum Hafen.

„Hat das Segelschiff angelegt?", fragte Maike.

„Ja, eben. Vor wenigen Minuten!"

„Das würde ich mir gern aus der Nähe ansehen!", sagte Maike und blickte mich an, „Ich meine, das Schiff!"

„Gut! Machen wir!"

Maike sah mich an, deutete auf die Tür zwischen unseren Zimmern und fragte:

„Ist das hier immer so?"

„Das kann ich dir nicht sagen. Aber, wenn du das möchtest, dann kann das so bleiben. Ich meine, geschlossen."

Maike sah mich weiter an und meinte:

„Vielleicht ist das für Familien? Vielleicht für Eltern, beispielsweise, mit halbwüchsigen Kindern, die sich vor ihrem Nachwuchs auch dann und wann zurückziehen wollen. Oder für Paare, ältere und ebenso jüngere, wenn einer von den beiden schnarcht und sich der andere deswegen verzweifelt von der linken auf die rechte Seite und dann wieder zurück, wälzt..."

„Oder auch für Paare", meinte ich, „die noch keine oder nur sehr wenig Erfahrung miteinander und darin haben, wie in einem Bett die Nacht gemeinsam verbracht wird. Oder die diese Erfahrung zu einem späteren Zeitpunkt erleben wollen."

„Möglich! Kann sein! Das hatte ich bereits vor einigen Jahren in Frankreich kennen gelernt. Aber da ist bekanntlich vieles anders...", ergänzte ich, „Es ist eine Kombination zweier Türen und jede nur vom jeweiligen Zimmer zu öffnen. Was nun wiederum bedeutete, die Bewohner beider Zimmer mussten dem Besuch zustimmen. Das konnte den Eltern Halbwüchsiger Probleme bereiten. Nämlich dann, wenn sie mahnen und erziehen wollten, der Nachwuchs daran aber kein Interesse hatte..."

„Ich habe von meiner Seite aufgemacht!", antwortete Maike, „Wenn ich mit dir auf der Insel bin, dann auch immer in deiner Nähe!"

Ich sah Maike erstaunt an und sagte nichts. Statt dessen ging ich zu der Tür zwischen unseren Zimmern, schloss auf und öffnete. Dann fragte ich:
„So? Ja?"
„Ja!, Ja, so ist gut!", Maike sah mich an und dann sagte sie nach einer Weile:

„Das mit dieser Tür ist, nach einer Weile betrachtet, eine praktische Einrichtung. Da muss Mann oder Frau nicht über den Flur schleichen. Und womöglich unter dem aufmerksamen Objektiv einer Überwachungskamera, in Zeiten wie diesen, bedenke, hat bereits jeder Zeitungskiosk so einen elektronischen Spion, den Besuch beim Zimmernachbarn antreten!"

„Ja!", bestätigte ich und wurde an meine Zeit als Student an der ehrwürdigen und Jahrhunderte alten Universität am Bodden erinnert:

„Damals wohnten viele der Studenten in Wohnheimen zu zweit oder gar zu dritt in den Zimmern. Heute unvorstellbar, da hat jeder sein eigenes Zimmer..."

„Stimmt!", bestätigte Maike.

„Und weil, wie bekannt, Ordnung sein muss, gab es im Eingangsbereich einen Portier, die Pförtnerloge. Meistens döste in der Bude ein Rentner vor sich hin, eigentlich sollte der die Heimausweise kontrollieren und die Zimmerschlüssel in Empfang nehmen und wieder ausgeben. Unterschriftlich ein jedes Mal zu quittieren!"

„Tja, wie schon erwähnt, Ordnung muss sein...!", Maike sah mich aus den Augenwinkeln an und grinste.

„Weil die Heimbewohner jedoch der Meinung waren, das geht niemanden etwas an, wer wann kommt und geht, hatten sich viele der Besucher Nachschlüssel angefertigt oder man hatte sich mit den Mitbewohnern auf ein internes Schlüsselversteck verständigt... Und der Ausweis war nach einigen Wochen, zwei oder drei genügten, ohnehin verschwunden..."

„Und das wurde so, wie du das beschrieben hast, akzeptiert?", fragte Maike.

„Ob man das so akzeptierte, ist mir nicht bekannt. Die Vermutung, das es so gewesen sein könnte, liegt allerdings nahe. Weil man lange nichts dagegen unternommen hat! Aber irgendwann war dann doch Schluss! Wir wurden aufgefordert, unsere Heimausweise abstempeln zu lassen!"

„Aha!"

„Und dann?"

„Es hatten sich inzwischen Freundschaften und Beziehungen entwickelt..."

„So was ist doch selbstverständlich! Schließlich ward ihr nicht in einer Klosterschule eingeschrieben!"

„Das meinten wir auch. Und so konnte dem aufmerksamen Beobachter auch nicht entgehen, dass allabendlich, zu vorgerückter Stunde die Nachtwanderungen begannen..."

„Das kenne ich auch! Da sind dann am anderen Morgen, bis auf einige wenige Leute, die meisten nicht in ihrem Zimmer aufgewacht! Kenne ich auch! Nur mit dem
Unterschied, dass wir nicht noch einen oder zwei andere Leute aus unserem Zimmer umquartieren mussten. Wir hatten, ich sagte es schon 'mal, jeder unsere eigene Bude!", erklärte mir Maike.

„Es war dann so, dass zunächst und einige Wochen, vielleicht auch Monate, beinahe allabendlich umgezogen wurde. Aber dann hatte sich die Belegschaft der Zimmer soweit organisiert, dass nun alles zusammen wohnte und auch schlief, was zusammen gehören wollte. Denn auch die Mitbewohner der Wanderer waren unter den Heimbewohnern in der

Zwischenzeit fündig geworden..."

„Verständlich!"

„Was bedeutete, nach einiger Zeit hatten die Nachtwanderungen, bis auf einige Nachzügler und Unentschlossene, deutlich nachgelassen. Unterblieben an manchen Abenden sogar..."

„Und dann kam die Kontrolle der Heimausweise?"

„Wir wurden aufgefordert, an einem bestimmten Tag zu einer festgelegten Zeit in unseren Zimmern zu bleiben. Dann kamen Leute von der Wohnheimverwaltung mit den ursprünglichen Belegungslisten..."

„Und kamen aus dem Staunen nicht heraus! Oder?"

„Mehr als zwei Drittel der Kommilitonen hatten sich neu organisiert und waren um- oder zusammen gezogen!"

„Und nun?"

„Da war guter Rat teuer! Man versuchte nun erst einmal, neue Listen zu schreiben. Und dann, das vorgefundene Durcheinander zu sortieren. Ohne Rücksicht darauf, dass wenigsten Männer und Frauen in getrennten Wohngruppen, lebten."

„Also eine Bestandsaufnahme!"

„Ja! Aber dann musste noch berücksichtigt werden, dass Männer und Frauen..."

„Meinte auch die Wohnheimverwaltung. Obwohl sich das zwischenzeitlich alleine und gut organisiert hatte. Aber dann hatte man erreicht, dass Pärchen in einer Wohngruppe zusammenwohnten. Und auch Männer- und Frauenfreundschaften zusammen bleiben konnten!"

„Geht doch alles!"

„Ja! Und so ganz nebenbei wurde, aber das nur still und schweigend, bemerkt, dass die Ergebnisse der Prüfungen und Testate besser geworden waren. In manchen Fällen um bis zu eine, oft sogar zwei Zensuren! Von Noten will ich in diesem Zusammenhang nicht sprechen. Die gehören in das Notenheft!"

„Stimmt!", bestätigte Maike, „Aber wir wollen hier in der Pension nicht dauerhaft wohnen."

„Nein! Aber zwei oder drei Tage sollten es schon sein!"

„Dachte ich auch!", erwiderte Maike, „ Und deshalb meine ich, wir schließen die Türen, verschließen sie jedoch nicht. Wenn einer den anderen besuchen möchte, kann er kommen und klopft vorher an. So, wie wir das als Kinder gelernt haben!"

„Ja!", bestätigte ich.

„Dann sind wir uns ja einige und ich gehe jetzt zu mir!"

Und als Maike in der Tür stand, sagte ich:

„Ich soll, so wird berichtet, nachts schnarchen und erzählen Und manchmal laut rufen. Das will ich dir nicht zumuten!"

„So? Sagt man?"

„Sagt man!"

Maike blickte noch einmal zur Tür zwischen unseren Zimmern und sagte dann noch einmal:

„Ja! So kann es bleiben!", Maike kam sehr nahe an mich heran, legte eine Hand auf meine Schulter und sagte leise:

„Warum habe ich dich nicht früher getroffen?"

„Vielleicht, weil wir uns nicht gesucht haben!",

antwortete ich und öffnete die Balkontür.
Sofort kamen die Geräusche der nahen Häfen an unsere Ohren, waren die Rufe und das Schreien und Krächzen der Möwen und manchmal die Stimmen der Spaziergänger auf der Pier und vor dem Hotel im Raum.
Noch immer lag Maikes Hand auf meiner Schulter und sie sagte sehr leise:
„Lass uns zum Hafen gehen! Ich möchte das Schiff ansehen!"
„Ja, gerne!"
Ich schloss die Balkontür, nahm Maike an die Hand und wir verließen das Zimmer und dann die Pension.

3

Auf der Pierkante vor dem Schoner stand ein Holzschild, auf jeder Seite mit einem Plakat beklebt. Das Schiff wurde vorgestellt und auf die Fahrten in See mit der „Anne L.", so hieß der Segler, an den nächsten Tagen aufmerksam gemacht.
Ich hatte mich nicht getäuscht! Das Schiff war ein Gaffelschoner. Wenn man am Meer aufgewachsen ist und ab einem bestimmten Alter die Kindheit und Jugend im Hafen erlebt hat und wenn dann noch maritimes Interesses vorhanden ist, kann man leicht die Schiffe, deren Ausrüstung und eigentlich das Meiste, was zur Seefahrt gehört, kennen lernen und erleben, um es nie wieder zu vergessen.
Zumindest alles das, was in dem kleinen Hafen am Ende des Priels, der für meine Freunde und mich das

Tor zur Welt bedeutete, zu erlernen war.

Selbstverständlich hatte ich als Junge auch ein Segelboot. Doch nur während dreier oder vier Sommer, bevor ein Herbststurm den Segler vom Steg riss und auf das Meer trieb. Ich habe das Schiff gern gesegelt. Mein Großvater baute darauf eine kleine Kajüte, so dass ich, eigentlich recht komfortabel, damit zu allen Inseln im Wattenmeer gesegelt bin und meine Unterkunft immer bei mir hatte.

Später hatte ich nie wieder ein Segelboot besessen. Irgendetwas kam immer dazwischen. Mal wurde kein geeignetes Schiff angeboten, zeitweise fehlte mir das Geld und oft traf beides zu.
Und als ich dann verheiratet war, hatten andere Dinge verständlicherweise den Vorrang.
Dann, als meine Frau, beinahe von einem Tag auf den anderen, sich auf und davon machte und ich nie wieder irgendetwas von ihr hörte, musste ich mein Leben neu organisieren.
Und immer dachte ich an das Boot, was mein Großvater mir aufgebaut hatte. Der war, übrigens, Schiffszimmermann. Und ist auf seinen Törns nicht nur einmal um die Welt gefahren.
Als er dann abgestiegen war, so heißt es, wenn ein Seemann das Schiff für immer verlässt, um an Land zu bleiben, hat er im Hafen eine kleine Reparaturwerkstatt für alles, was aus Holz gearbeitet war, von einem Freund übernommen.
Der war, das sei hier und nur nebenbei erwähnt, viel zu früh über Bord und ins Wasser gegangen...

In die Werkstatt kamen die Segler und auch Leute aus dem Ort, wenn sie meines Großvaters Hilfe benötigten. Und dann, in dem Winter vor meinem fünfzehnten Geburtstag, hat er für mich das Boot segelklar gemacht und ich den Segelschein...

„Na, wo bist du mit deinen Gedanken?", Maike hatte mir wieder die Hand auf die Schulter gelegte.
Ich sah Maike an und in ihre Augen. Jetzt, unter dem wolkenlosen Himmel wollte es mir so erscheinen, als wäre das Blau des einen Auges Hellblau und das Grün des anderen Auges hellgrün.
„Ist was?", fragte mich Maike.
„Nee und nein zugleich! Alles in Ordnung! Ich habe eben nur überlegt, ob wir mit dem Segler um die Insel fahren sollten."
„Wollen wir?"
Ich sah Maike erneut an, dann erwiderte ich:
„Wir wollen! Vorausgesetzt, du bist seetüchtig!"
„Ich denke, schon!"
„Na gut, dann morgen um zehn! Die erste Fahrt bis um zwölf!"
An das Geländer der Gangway, das waren zwei mit Kantholzstücken zusammen genagelte breite Bohlen, an die an der einen Seite ein Metallrahmen, das Geländer, angebaut worden war, hatte man eine Fahrradklingel angeschraubt.
Mauke betätigte die Klingel und nachdem das schnarrende Geräusch verklungen war, kam eine junge blonde Frau und fragte , während sie auf uns zukam:
„Wo wollt ihr denn hin?"
„Wir möchten Schiff fahren. Morgen um zehn!",

antwortete Maike.

„Das machen wir nur, wenn das acht andere Leute auch möchten!"

„Macht nichts! Dann sind wir morgen um zehn wieder hier!"

„Ja!", sagte die junge blonde Frau, „Seit 'ne Viertelstunde vorher da. Wir wollen pünktlich ablegen!"

„Machen wir!"

Wie wollten gehen, als die junge Frau noch sagte:

„Wir nehmen gern eine Anzahlung auf den Fahrpreis. Der Törn kostet für beide vierzig, die Hälfte jetzt, den Rest bezahlt ihr morgen!"

„In Ordnung!"

Die junge Frau ging zum Ruderhaus. Vielleicht wollte sie eine Liste oder eine Quittungsblock holen. Als sie wieder vor uns stand, hielt sie zwei Keramikplaketten in der Hand und sagte:

„Das ist der Beleg für eure Anzahlung!"

Dann, als Geld und Plaketten den Besitzer gewechselt hatten, meinte die junge Frau noch:

„Ich bin Antje Larsson und der Steuermann, vielleicht besser gesagt, die Steuerfrau, für unser Schiff!"

Ich war bereits einige Schritte von der Pier entfernt und hörte, wie Maike ihren Namen nannte und sich dann verabschiedete:

„Also, bis morgen!"

Wir gingen zu der Bank, auf der ich am Vormittag gesessen hatte. Maike nahm eine Plakette aus ihrer Jackentasche und wir betrachteten die

Keramik.

„Das ist doch eine originelle Idee. Ich meine, als Quittung für eine Anzahlung diese Keramikplaketten auszugeben! Das ist wohl das Schiff auf der einen Seite!"

„Und auf der Rückseite sind einige Angaben über den Segler!", ergänzte ich und sagte dann weiter:

„Die „Anne L." kommt also aus Greifswald! Hansestadt Greifswald! Deswegen müssen wir morgen 'mal nachfragen!"

„Warum?"

„In Greifswald ist meine Universität!"

„Stimmt! Das hast du mir schon geschrieben. Ganz am Beginn."

„Hm!"

„Du bist Lehrer, ja?"

„Begonnen habe ich mit Geografie und dann die pädagogischen Fächer dazu genommen."

„Dann kannst du also sowohl als Geograf als auch als Lehrer arbeiten?"

„Ja!"

„Also fragen wir 'mal danach, wie das Schiff aus Greifswald auf die Insel kommt!"

„Ja! Machen wir!"

Ich hatte nicht die Absicht, sofort und unverzüglich, auch nicht später, in einer halben Stunde vielleicht, zum Schiff zu gehen, um das Geheimnis seiner Herkunft zu erfragen. Wir wollten ja morgen segeln...
Das sagte ich Maike aber nicht. Statt dessen fragte ich, ob wir auf der Treppe, die vom Hafen auf die Klippe,

führt, hinauf gehen wollten. Aber Maike antwortete nicht und begann, statt dessen zu erzählen:

„Weißt du, früher hätte ich es nicht für möglich gehalten, es war undenkbar für mich, mir vorzustellen, eines Tages auf dieser Insel zu sein. Und bis zum Horizont, egal, wohin man blickt, da ist das weite und scheinbar unendliche Meer..."

„Warum konntest du dir das nicht vorstellen?"

„Weil da eine Grenze war!"

„Davon hattest du 'mal, in einem Nebensatz und nebenbei, gesprochen, nein, geschrieben. Und auch, dass du während der Wende..."

„Eigentlich vor der Wende. Über Ungarn. Für mich ist das Datum der Wende, wie wir heute sagen, der neunte November. Aber, nun die Zeit von damals betrachtet, dann gehören die Wochen und Monate vor diesem Tag wohl auch dazu..."

„Mag sein, ja!", antwortete ich.

Wir saßen dann einige Minuten schweigend nebeneinander auf der

Bank und blickten zum Schiff. Manchmal kamen Leute und einige von denen meldeten sich für den Segeltörn, morgen um zehn am Vormittag, an.

Maike sagte:

„Einen Tag nach meinem achtzehnten Geburtstag sind wir los. Konny und ich..."

„Wer ist Konny?"

„Sie war meine beste Freundin..."

„Ist sie das nicht mehr?"

„Nee! Sie hat uns verlassen. Drei Tage, nachdem wir in Österreich angekommen waren. Sie stolperte vor ein Auto. Beide, sie und der Fahrer, hatten keine Chance..."

„Tut mir leid! Klingt zwar unbeholfen. Aber mehr kann ich nicht sagen..."

„Schon gut. Ich habe sie dann in Österreich, in einem Dorf nahe der Grenze, begraben. Ich dachte mir, wenn sie in den Westen abgehauen ist, dann will sie nicht wieder zurück. Um im Osten zu liegen. Konny hatte keine Eltern. Ist im Heim aufgewachsen. Manchmal erzählte sie von einer Tante, der habe ich, wenige Tage nach dem neunten November, Konnys Sachen geschickt. Eine Antwort habe ich nie erhalten..."

„Nun ja, die Wirren der Wendezeit...", antwortete ich.

„Könnte zutreffen. Doch die Tante war so ganz in Ordnung. Allerdings begeisterte sie sich sehr für das im Herbst '89 untergegangene Reich einiger Parteifürsten. Und dann Konnys Tod... Vielleicht gab sie mir daran auch die Schuld, wer weiß..."

„Weshalb sollst du Schuld am Tod deiner Freundin haben?"

„Weil ich sie, also Konny, aus der von der Tante so sehr verehrten sozialistischen Heimat angeblich entführt habe. Denke ich mir..."

„Ist das nicht ein wenig zu weit hergeholt?"

„Nein! Überhaupt nicht! Und außerdem, wer weiß, was in den Köpfen alter Frauen so herumspukt!"

„Na gut!"

„Aber das ist nun auch schon vor mehr als einem Vierteljahrhundert geschehen!"

„Stimmt! Warum bist du damals gegangen? Deine Mutter, dein Vater, deine Geschwister... Die Öffnung der Grenze war doch noch keinesfalls beschlossene

Sache, als ihr über Ungarn auf und davon seid!"

„Richtig! Davon war weit und breit noch nicht die Rede. Und Geschwister habe ich nicht..."

„Wusste ich nicht! Und deine Familie?", fragte ich und blickte Maike an.

Die blickte geradeaus und über den Hafen und auf das Meer. Ich hätte gern ihren Blick und ihr Gesicht beobachtet. Aber ich wagte nicht, aufzustehen

Die Situation wäre gestört worden. Und das wollte ich nicht. Auf keinen Fall wollte ich das. Ich musste befürchten, Maike hätte nicht weiter gesprochen. Also tat ich nichts und blickte ebenfalls zum Hafen und dann zum Meer...

Dann sagte Maike:

„Meine Mutter und mein Vater waren Parteiarbeiter, haben in irgendwelchen Parteileitungen irgendwas gemacht. Hauptsächlich wohl irgendwelche Bericht über „Stimmungen und Meinungen", so hieß das damals geschrieben. Ich meine, mein Vater war sogar im Spitzelapparat. Wenige Tage, bevor ich mit Konny los bin, hörte ich, eher zufällig, wie meine Mutter am Abend herumjammerte und danach fragte, wie das alles noch werden wird. Und dieser eine Satz, den sie damals sagte, der ging mir jahrelang nicht aus dem Kopf..."

„Was sagte deine Mutter? Wenn du nicht möchtest, dann musst du mir das nicht sagen!"

„Doch, es gehört ja dazu! Dazu, das man die Misere, bis in die Familien hinein, in diesem Land versteht. Was nicht bedeutetet, das man es akzeptiert...",

Maike blickte, während sie das sagte, unbeirrt geradeaus und überlegte wohl, wie sie mir antworten

sollte.
Dann sagte sie:
„Irgendwann war es abzusehen, Veränderungen werden erforderlich und es wird sie geben. Entweder in die eine oder die andere Richtung!"
„Hm!"
„Und davor hatten sie Angst. Im Falle eines Volksaufstandes wären meine Mutter und mein Vater, so meinten sie, genauso wie ihre Parteikumpane, vor dem Volk nicht sicher gewesen. Und im Falle einer feindlichen Übernahme durch den Westen, wie mein Vater das nannte, würde ihre Zukunft auch nicht rosig sein..."
„Nun ja! Die zweite Variante ist dann ja eingetreten. Aber nicht als feindliche Übernahme. Eher hat das ostdeutsche Volk um Aufnahme in die bundesrepublikanische Ländergemeinschaft gebeten. Beitritt zum Geltungsbereich des Grundgesetzes wurde das damals genannt. Und die wenigsten Parteiarbeiter haben irgendwelchen Schaden genommen. Die haben sich schließlich darauf berufen, in einem souveränen Statt gelebt zu haben..."
„...der zudem vom Westen hofiert worden ist!", beendete Maike meinen Satz, bevor wir einige Zeit schweigend nebeneinander saßen.
Plötzlich meinte Maike:
„Nicht 'mal den Stasi-Chef konnte man wegen irgendwelcher schrecklicher Dinge, Schießbefehl, Stasi-Knast und anderer Vergehen hinter Schloss und Riegel bringen..."
„Ist heute kaum anders!"
„Wie meinst du das?", Maike sah mich fragend an.

„Wer bringt einen ehemaligen US-Präsidenten wegen des wider besseres Wissen angezettelten Krieg im Irak vor Gericht? Nur als Beispiel sei das genannt!"
„Stimmt!"
Maike sah nun wieder geradeaus, auf das Meer. So, als wollte sie dort in der Ferne, Antworten finden. Dann sagte sie:
„Irgendwann hatte ich beschlossen, mein Leben in die eigene Hand zu nehmen. Mich nicht in die Obhut der Genossen zu begeben. Selbstbestimmt und frei meine Entscheidungen treffen. Und vor allem nicht in einem Land, das bei jeder Gelegenheit die Menschenrechte anmahnt und Leute wie Karnickel an der Grenze abschießen lässt. Und nachts die Filter in den Schornsteinen der Kohlekraftwerke abschaltet und die eigene Bevölkerung vergiftet..."

Ich nickte nur stumm und war mir nicht sicher, ob Maike das bemerkt hatte. Was sollte ich zu ihren Äußerungen auch antworten? Zwar hatte ich von dem, was Maike jetzt und viele andere bereits früher berichtet hatten, gehört. Aber oft auch nur aus zweitem oder drittem Mund.
Ich konnte kein eigenes Erleben nachweisen. Und das qualifizierte mich nicht als zu akzeptierenden Gesprächspartner.
Maike hingegen sprach über Teile ihres Lebens, über Erlebnisse während ihrer Jugendzeit, vermittelte Erfahrungen und Eindrücke. Daran war sie unmittelbar beteiligt. Ich nicht.
Zudem meinte ich, Maike emotional nicht weiter zu belasten. Und dass es ist besser, sie mit dem sehr

aufwühlenden Thema nicht länger zu beanspruchen und das Gespräch darüber, zumindest für heute und jetzt, ausklingen zu lassen.
Man sollte bestimmte Dinge niemals vergessen. Die sollten in eine Schublade oder Tüte abgelegt und archiviert werden.
Außerdem darf man nicht vergessen, die Dinge, über die Maike gesprochen hat, sind vor beinahe einem Vierteljahrhundert geschehen und einige der Beteiligten nicht mehr unter uns.

Maike sah mich an. Was ich jetzt nicht erwartet hatte. Sie hatte das blaue Auge nahezu geschlossen, nur ein sehr schmaler Spalt war zwischen beiden Lidern. In das grüne Auge fiel ein Sonnenstrahl, der es wie Malachit leuchten ließ.
Dann nahm sie meine Hand und sagte:
„Es ist so sehr schön hier! So angenehm und friedlich!
„Ja!", antwortete ich und hoffte, wir könnten nun jetzt andere Dinge besprechen.
Doch Maike meinte:
„Aber auch hier, im ehemaligen Westen ist nicht alles das Gold, was glänzt und glitzert..."
„Das ist auch nicht zu erwarten!"
„Eine Gesellschaft will gelebt werden und sich an beinahe jedem Tag neu organisieren und offen für Veränderungen sein. Dabei geschehen Fehler. Handwerkliche, intellektuelle, emotionale... Immer wieder werden Fehler gemacht. Man muss akzeptieren, das erkennen und korrigieren. Auch wenn das mitunter ein schwieriger Vorgang ist, der manchmal weh tut..."

Maike stand auf, sah mich an und sagte:

„Komm! Wir wollen ein Stück gehen. Den Hafen besuchen!"

„Ja!", stimmte ich zu, „Ein guter Vorschlag!"

Wir gingen zum Südhafen. Der befand sich südlich vom Alten Hafen, der auch Muscumshafen genannt wird.

Zwischen beiden Häfen befand sich eine breite, beinahe eine sehr breite, betonierte Fläche. Auf der waren Kisten, wohl mit Maschinenteilen beladen, gestapelt.

An der Pier der Betonfläche wurden am Abend die Schiffe vertäut, die am Tage die Windparks vor der Insel anlaufen.

Eines der Schiffe, ein Katamaran, lag an der Pier. Wahrscheinlich ein Ersatzschiff oder eine Reparatur hatte das Auslaufen verhindert. Maike betrachtete das Schiff und meinte:

„Ich habe 'mal gelesen, diese Doppelrumpfschiffe sind stabiler als die bekannten Einrumpfschiffe."

„Ja, die kentern nicht. Oder nur im äußerst extremen Fall. Zudem liegen sie besser im Wasser, auch flacher. Weil der Tiefgang sich auf zwei Rümpfe verteilt. Und die Decksfläche ist auch größer als bei einem Einrumpfschiff."

„Ich habe zu Hause, auf einer Talsperre, jemanden mit so einem Segelschiff gesehen. Und ich hatte den Eindruck, der war schneller als die vergleichbaren Segler!", meinte Maike.

„Weil sie flacher im Wasser liegen und daher weniger Wasserwiderstand auf den Rumpf wirkt..."

„Ja, ja! Hattest du gesagt!"

Am Heck des Montageschiffes waren deutlich die Öffnungen der Wasserstrahldüsen an jedem Rumpf zu erkennen. Maike fragte mich:

„Und mit solchen Schiffen fahren die Leute zu den Windparks im Meer?"

„Ja! Allerdings war ich früher der Meinung, solche Windkraftanlagen funktionieren irgendwie von alleine. Einmal aufgebaut und das war es dann... Bis mir jemand sagte, solche Anlage ist eigentlich ein Kraftwerk. Da muss geschmiert und geölt werden. Und gewartet und, wenn nötig, repariert!"

„Hm. Darum fahren die Leute mit den Schiffen zu den Windmühlen im Meer!"

„Aber nur, wenn die Wetterbedingungen das zulassen. Jede, wie sagtest du eben? Ach ja, jede Windmühle ist auf eine Plattform montiert, die auf dem Meeresgrund verankert ist. An diese Plattform legt das Schiff an, die Leute entern auf und steigen im Turm zum Maschinenhaus hinauf. Das ist manchmal etwa einhundert Meter hoch."

„Und bei hohem Wellengang?"

„Bleibt das Schiff im Hafen!"

„Ist der Windpark von hier aus, von der Insel zu sehen?"

„Nur bei guter Sicht und ohne Fernglas kannst du feststellen, da ist etwas am Horizont. Mit Hilfe eines Fernglases sind schon einzelne Windmühlen, wie du sagtest, zu unterscheiden. Wir müssten allerdings auf der Steilküste im Norden der Insel stehen, um da 'was beobachten zu können..."

„Aha!"

„Etwa 20 oder 30 Kilometer vor der Festlandsküste

sind die meisten Windparks entstanden oder im Bau. Oder sind geplant. Und dann, wenn alle Windparks in der Deutschen Bucht in Betrieb sind, in einigen Jahren, wird es an manchen Stellen nur noch Fahrwege für die Schiffe geben..."

„Immer noch besser als Atomkraftwerke, zwischen denen Platz für einige Autobahnen ist!", sagte Maike.

„Und die Engländer wollen jetzt als Konsequenz aus dem sicher richtigen Atomausstieg auf ihrem Teil der Doggerbank einen Windpark bauen."

„Habe ich auch schon gehört!", sagte Maike und meinte dann:

„Aber so ein Windpark, ob nun an Land oder im Meer gelegen, birgt in jedem Fall ein gewisses Störungspotential!"

„Aber gegenwärtig gibt es wohl kaum eine andere ökologisch begründete Alternative als die Windenergie. Wenn man die gesamte Ökobilanz einer Energieerzeugung betrachtet..."

„Wobei man da auch nicht so sehr genau hinsehen sollte!"

„Und?"

„Die Zersiedelung der Landschaft, die Belästigung durch sich beinahe ständig bewegende Windräder, der Schlagschatten, um nur zwei Beispiele zu nennen, sind sehr wohl als nicht umweltfreundlich zu betrachten!", sagte Maike.

„Damit hast du recht!"

Wir waren auf der breiten betonierten Fläche zwischen dem Süderhafen und dem Museumshafen so weit gegangen, bis wir dort standen, wo auch hier eine aus Feldsteinen aufgeschichtete Mauer unseren weiteren Spaziergang beendete.

Maike blieb stehen. Dann blickte sie mich einige Momente an und blinzelte dabei in die Sonne. Das blaue Auge leuchtete ultramarinblaue und das grüne so, wie ein Malachit.
Sie trat sehr nahe an mich heran, legte den Kopf an meine Schulter und ihre Arme um mich und sagte:
„Danke dafür, dass du mich auf diese Insel geholt hast!"
Wir standen so eine Weile und als wir wieder zurück gingen, sagte ich zu Maike:
„Übrigens, ich verreise sehr gerne!"
„Ich auch!"

4

An diesem Nachmittag, unserem ersten auf der Insel, sahen wir noch dieses und schauten uns dann jenes an.

Wenige Meter, vielleicht waren es zwanzig oder dreißig, von der Pier des Süderhafens entfernt, standen in einer Reihe und ordentlich nebeneinander, Häuser mit gelb und blau, rot und grün, braun und weiß gestrichenen Holzfassaden. Einige hatten eine hellgraue Farbe.
Es waren wohl zehn oder zwölf Buden, die nebeneinander die nördliche Begrenzung der Pier am Süderhafen bildeten. Zumindest waren die fertig gebaut und in Betrieb und wir konnten erkennen,

weitere dieser Gebäude waren geplant und einige davon im Bau.
Wir blicken auf das Areal hinter den Buden und beobachten, auf dieser Fläche wurde gebaut, gemauert und gezimmert.

„Das wird ein kleiner Ferienpark mit Ferienhäusern. Bauland gibt es nicht ausreichend auf der Insel", sagte man uns später, „Weil die Pensionen und Hotels die Nachfrage nach Ferienunterkünften und Urlaubsquartieren nicht, wie gewünscht, erfüllen konnten."

So hatten sich vor einiger Zeit manche der Hotelbesitzer und auch Privatpersonen in einer Inselkneipe getroffen und sich dann als Bauherrengemeinschaft vereint. Die lässt nun die Ferienhäuser errichten.

Getreu dem Motto: „Das Geld muss auf der Insel bleiben!" hatte nun auch der Inselarchitekt, quasi über Nacht und für mindestens zwei Jahre, ein prall gefülltes Auftragsbuch.

Und der örtliche Bauunternehmer, sonst mit dem Einsetzen neuer Fenster und Türen sowie dergleichen Reparaturaufträgen beschäftigt, wenn es drei Fenster in einem Haus waren, galt das schon als Großauftrag, musste für die Rohbauarbeiten sogar eine Maurerkolonne vom Festland kommen lassen.

Im Herbst war Richtfest und die Honoratioren der Insel ließen es sich nicht nehmen, zu erscheinen und waren voll des Lobes über die Initiative der auf der Insel bekannten Investoren. Solch ein Erlebnis wie damals, beim Bau des Hotels und der Pensionen am Museumshafen, hatte sich nicht wiederholt.

„Was war da geschehen?", fragte Maike, als wir darüber sprachen.

„Vom Festland, sogar aus Hamburg und von noch weiter her, waren Firmen und Bautrupps auf die Insel gekommen. Und die Handwerker von der Insel standen daneben und schauten ihren Kollegen bei der Arbeit zu. Oder durften sich höchstens mit Handlangerdiensten begnügen."

„So ein drei-Mann-Betrieb, in dem der Chef noch mit auf der Leiter steht, hätte diese Aufträge wohl kaum ausführen können!", erwiderte Maike.

„Sicher nicht. Aber das örtliche Handwerk hätte bei der Auftragsvergabe beachtet werden müssen. Wie, weiß ich nicht. Ich komme nicht aus der Branche. Aber eines ist sicher: Das gab viel böses Blut damals. Und nach der nächsten Wahl einen neuen Gemeinderat."

„Der Bürgermeister hat wohl kaum die Aufträge vergeben! Und der Gemeinderat ebenfalls nicht."

„Nee, bestimmt nicht. Aber er hat wohl nichts für die Inselhandwerker getan. Auch nicht, als es darum ging, Folgeaufträge für Reparaturen und Instandhaltungen zu vergeben. Und dann, als Krönung des Ganzen, ist er der Einladung des Investors gefolgt und hat es sich auf Teneriffa gut gehen lassen!"

„Das geht nun wirklich nicht!", bestätigte Maike.

Auf der anderen Seite der Baulücke befanden sich weitere farbig gestaltete Buden. Ich meine, es waren noch einmal sechs oder sieben Häuser.

Vor vielen Jahren, damals, als der Fischfang und besonders das Fangen von Hummern in Weidenkörben, die auf dem zumeist felsigen Meeresgrund ausgelegt wurden, den Rhythmus des Tages und auch den des Lebens auf der Insel weitgehend bestimmten, wurden in den Gebäuden die Arbeitswerkzeuge und Gerätschaften der Fischer aufbewahrt. Allerdings waren die Holzhäuser damals nicht massiv gebaut und auch nicht so komfortabel eingerichtet, wie die Läden gegenüber der Pier des Südhafens.
Es waren Bretterbuden, die man wegen ihrer Verwendung als Gerätelager auch „Hummerbuden" nannte.

Einst waren sie eines der Symbole der Insel, genauso wie die Hummerfischerei. Dann, als die Erträge zurückgingen, wurden auch die Hummerbuden kaum noch genutzt und manche verfielen zu Ruinen. Andere wurden Souvenirläden oder erfüllten ähnliche Zwecke.

Aber immer wurden sie im Frühjahr, bevor die ersten Besucher die Insel erreichten, gemalert.
Gelb und blau und grün und gelb, oft rot oder orange, manche grau, gestrichen.

Und diese einstigen Hummerbuden waren das Vorbild für die Häuser, die an der Nordseite und wenige Meter von der Pier des Süderhafens entfernt, aus Stein und Beton gebaut worden sind. Und mit einer vorgesetzten Holzverschalung. Die wurde dann auch wieder rot und blau und grün und gelb, manchmal grau, in jedem Frühjahr gestrichen.

In diesen Häusern gingen verschiedene Inhaber unterschiedlichen Geschäften nach.

Genau kann ich mich noch an zwei Fischbuden erinnern. An die eine deshalb, weil die Einrichtung mehr als spärlich in meiner Erinnerung haftete und die andere deshalb, weil ich mir dort das Fischbrötchen kaufte, dessen letzte Bissen von der Möwe geklaut worden waren, als ich auf der Bank saß.

Übrigens waren hier die Fischbrötchen teurer als in der Hamburger Speicherstadt. Das sei nur nebenbei und als Hinweis bemerkt.

Dann konnte ich mich noch daran erinnern dass die örtliche Zelle einer Umweltorganisation in einer der neu gebauten Buden, selbstverständlich mit grün gestrichenen Brettern verkleidet, eine Informationsstelle eingerichtet hatte.

Und als Maike und ich uns über den auf der Insel praktizierten Umweltschutz kundig machen wollten, standen wir vor verschlossenen Türen. Warum, wurde nicht mitgeteilt. Keine Notiz auf einem Zettel. Nichts.

Drei der Buden wurden renoviert, weil andere Pächter einziehen wollten, was Maike so kommentierte:

„Wenn die in diesem Jahr noch etwas verdienen wollen, sollten sie aber bald eröffnen!"

Der örtliche Immobilienmakler hatte in einer der nächsten Buden sein Büro eingerichtet und bemühte sich um die Vermietung der Hälfte der in der zweiten Reihe im Bau befindlichen Ferienhäuser und -wohnungen. Im Obergeschoss befand sich das Baubüro des Inselarchitekten, der von hier den Baufortschritt überwachte: Eine durchaus sinnvolle Nutzung.

Maike kaufte sich im gut sortierten Buchladen, ebenfalls in einer der neu errichteten Buden untergebracht, einen touristischen Inselführer und meinte:
„Den werde ich mir auf den Nachtschrank legen. Um immer an die schöne Zeit auf der Insel erinnert zu werden!"

Die anderen Buden waren dann, endlich, den Andenken- und Souvenirläden vorbehalten. Vor den Gebäuden standen Tische, auf denen die Inhaber einen Teil ihrer mehr oder weniger umfangreichen Kollektionen zeigten, um so Käufer, hauptsächlich Urlauber und Tagesgäste, in die Geschäfte zu bitten.

Vor einem dieser Läden stand eine Skulptur, etwa einen Meter hoch und mit Steinen verziert.
„Mit Acryl angeklebt!", wie mir die Verkäuferin auf meine Frage erklärte.
„Mit Acryl?", fragte ich noch einmal.
„Ja! Mit Acryl festgeklebt. Das ist eine so dauerhafte Verbindung, die kann nicht ohne heftige Gewalt zerstört werden!"
„Na gut!", sagte ich und gemeinsam begannen Maike und ich, uns diese Figur näher zu betrachten.
Es war nichts Besonderes, was vor uns stand. Eine

Betonskulptur, wahrscheinlich nach dem Erhärten noch einmal geglättet und mit den Steinen in den unterschiedlichen Rottönen, manche waren auch rotbraun oder orange, mit Hilfe des Acryls beklebt.

Maike wollte, in einem unbeobachteten Moment, einen der Steine abreißen. Doch statt sich zu lösen, drohte die Skulptur zu kippen und die Verkäuferin bemerkte Maikes Vorhaben:
„Da reißt nichts ab! Eher ziehen sie alles hinter sich her!"
Maike nahm sofort die Hand von dem Stein und schaute, mit einem um Nachsicht bittenden Blick, die Verkäuferin an.
Doch die meinte nur:
„Ich habe es Ihnen gesagt! Warum glauben Sie mir nicht?"
Auch, um Maike aus dieser unangenehmen Situation zu erlösen, aber auch aus ehrlichem Interesse, fragte ich:
„Was sind das für Steine?"
„Rote Feuersteine. Gibt es nur auf unserer Insel und drüben, auf der kleinen Insel. Weltweit einmalig!"
„Aha!", sagte ich, weil mir nichts weiter dazu einfiel und Maike blickte mich dankbar dafür an, dass ich das Interesse der Verkäuferin von ihr abgelenkt hatte.

Es war der Laden, in dem Maike und ich uns vor einigen Stunden getroffen hatten.
Nur, diese Figur war erst jetzt vor den Laden gestellt, ebenso wie einige Urlauber und Tagesgäste sich nun erst eingefunden hatten.
Die Verkäuferin hatte wohl jetzt Maike und auch mich

wiedererkannt und lächelte uns nun freundlich zu.

Wieder hockte ich mich vor eine der Kisten und begann, deren Inhalt zu betrachten.
Manche der Steine waren, so konnte man es meinen, während des Erstarrungsprozesses noch einmal gerührt worden, bevor sie erhärteten.
Das auskristallisierte Innere dieser Steine, unter einer zumeist schwarzen Hülle verborgen, war mit Schlieren durchzogen, die manchmal heller, oft aber auch dunkler als die sie umgebende rötliche oder rote Gesteinsmasse waren.
„Hier!", sagte Maike, „Das erinnert mich an Kuchenteig, den meine Großmutter oft anrührte. Sie nahm von dem Teig in der großen Schüssel einen bestimmten Anteil weg, rührte Kakaopulver da rein und gab anschließend diesen dunklen Teig wieder zurück in die große Schüssel und rührte nun alles noch einmal sehr vorsichtig ein- oder zweimal. Das waren dann genau solche Schlieren wie auf diesem Stein!", Maike reichte mir den Feuerstein.
„Stimmt!", sagte ich, „Erinnert an einen Rührkuchen!"

Die Verkäuferin beobachtete uns und sagte nach einer Weile ;
„Im Herbst, nach den Stürmen, manchmal auch im Sommer, findet man auf dem Strand drüben auf der kleinen Insel, besonders viele dieser Feuersteine! Die sammeln wir dann und im Winter, wenn es auf der Insel ruhig ist, werden die Steine bearbeitet.."
„Und wie?"

„Aufgeschnitten und dann geschliffen und poliert. Viele Stunden geschliffen und poliert..."
Sie hatte bemerkt, dass wir uns, mehr als die anderen Kunden in dem Laden, für die Steine interessierten.
„Deshalb auch der hohe Preis?", fragte ich.
„Ja! Alles Handarbeit an der Schleifscheibe!"

In einer anderen Kiste befanden sich weitere rote Feuersteine, allerdings unbearbeitete Exemplare. Maike nahm einen Stein und sagte:
„Sieh 'mal!", sagte Maike, „Wenn man den am Strand vor seinen Füßen zu liegen hat, fällt der nicht weiter auf. Da ist nicht zu erkennen, das dies ein roter Feuerstein ist!"
„Aber drehen sie den 'mal herum!", meinte die Verkäuferin, die mit Argusaugen über ihre Schätze wachte.
Maike tat das und wir sahen, es war ein roter Feuerstein! Dunkelrot schimmerte der von einer graublauen Kruste umschlossene Kern. Die war an einigen Stellen nicht oder nur noch als schleierartiger Überzug vorhanden und so war auch hier der dunkelrote Kern zu erkennen.
„Ja! Sieh 'mal!", forderte mich Maike auf, den unbearbeiteten Feuerstein zu betrachten.
Sie drehte den Stein in ihren Händen und sagte leise:
„Wie schön der ist!", sie betrachtete den Stein noch einmal von allen Seiten, entdeckte dann den Preiszettel und sagte zur Verkäuferin:
„Für siebzehn, nicht wie gefordert für zwanzig, würde ich Ihnen den Stein abkaufen!"
Ich flüsterte ihr zu:

„Wir sind auf einer Insel in der Nordsee, nicht auf einem orientalischen Basar! Du wirst mit deinem Handeln kaum Erfolg haben!"

Dann ließ ich Maike, die noch immer den Stein in der Hand hielt, allein, um die Vitrinen an den Wänden zu betrachten.
Aus den unbearbeiteten Steinen waren Scheiben geschnitten und geschliffen und poliert worden. Dann hatten diese Scheiben eine Einfassung aus Sterlingsilber erhalten und wurden jetzt als Kettenanhänger verkauft.
Andere Steine, vor allem kleinere, zierten Ringe. Auch Manschettenknöpfe konnte ich sehen
Genauso, wie jeder Feuerstein ein einmaliges und unverwechselbares Naturprodukt ist, waren auch die daraus angefertigten Schmuckstücke individuelle Arbeiten. Keines glich dem anderen. Nicht in Größe, Form und Farbe und somit auch nicht im Preis.

Ohne Zweifel war zu erkennen, dass die Bearbeitung der Steine nur in einem lange währenden und aufwendigen Verfahren möglich war. Das konnte nicht mit irgendeiner Säge und einem Silberputztuch vom Discounter erfolgen!

Ich beobachtete, Maike hatte begonnen, mit der Verkäuferin über den Preis für den dunkelroten Feuerstein zu handeln.

„Wissen Sie", sagte die Frau, „eigentlich könnte ich Ihnen den Stein für den zehnten Teil des Preises überlassen. Das Geld für die Fähre, zur Insel und zurück, habe ich auf alle umgelegt, die ich an diesem Tag fand. Das ist ein minimaler Teil des Preises für die unbearbeiteten Steine..."

„Und die bearbeiteten Steine und die in der Vitrine, die Ringe, Anhänger und der andere Schmuck?", fragte Maike.
Die Verkäuferin überlegte einige Momente, dann antwortete sie:
„Diese Stücke müssten eigentlich um mindestens das doppelte teurer sein!"
„Ja?", fragte Maike und sah die Verkäuferin erstaunt an.
„Ja!", sagte die Frau, „denken Sie 'mal an die Aufwendungen, die erforderlich sind, um den Stein zu trennen, zu schleifen und zu polieren! Und dann ist noch nicht der Silberschmied bezahlt!"
Maike überlegte einen Augenblick und erwiderte dann:
„Ja, damit haben Sie recht!"
Und die Verkäuferin sagte dann noch:
„Nun, den Preis für die bearbeiteten Steine so sehr zu verteuern, wäre kaufmännischer Unfug. Ich würde nichts verkaufen. Oder zumindest fast nichts! Also mache ich das Eine etwas teurer und für das Andere verlange ich etwas weniger Geld und verkaufe von allem soviel, das ich davon leben kann!
Maike sah mich an. Ich nickte ihr zu und dann sagte sie:
„So, wie Sie mir das eben erklärten, habe ich darüber noch nicht nachgedacht."
Sie gab der Verkäuferin den geforderten Preis und stellte sich dann neben mich. Den dunkelroten Feuerstein hielt sie fest umklammert in der Hand.

Wir betrachteten nun gemeinsam die zu

Schmuck verarbeiteten roten Feuersteine, als Maike mich fragte:

„Wie alt sind die Steine? Wann und wo sind die entstanden?"

Um nicht eingestehen zu müssen, dass ich auf diese Frage eine Antwort nicht wusste, sagte ich:

„Von gestern nicht. Wenn ich mich allerdings recht erinnere, dann ist der Feuerstein während der Kreidezeit entstanden. Also vor etwa 80 Millionen Jahren. So ungefähr jedenfalls!"

„Stimmt!", sagte die Verkäuferin und erklärte uns dann Wissenswertes über den roten Feuerstein.

<u>Hinweis:</u> Ich habe das, was uns berichtet wurde, um weitere interessante Details ergänzt und dieser Geschichte als Anhang beigefügt.

An dem Nachmittag unseres ersten Tages auf der Insel waren wir noch lange in dem Laden mit den roten Feuersteinen.

Später haben Maike und ich in einer Gaststätte im Dorf Fisch gegessen. Dort hatte die Verkäuferin aus der Feuerstein-Bude angerufen und für uns Plätze reserviert.

Auf der Terrasse meines Zimmers, bei Rotwein und und beim Schein zweier an der Rezeption erbettelter Kerzen, berichteten wir uns während eines langen und ausführlichen Gespräches gegenseitig die wichtigsten Passagen und Jahre aus unseren Leben.

Und nebenbei beobachteten wir, dass der Mond dunkelrot aus der schwarz scheinenden Nordsee wie ein Wasserwesen emporgestiegen war, dann goldgelb und tief am Himmel stand und später silberweiß die Nacht erleuchtete.

Maike blickte zum Mond und sagte leise:

„Es ist doch sehr bemerkenswert, oft unerklärlich, wie der Mond das Leben auf der Erde beeinflusst. Ja, sogar bestimmt! Ebbe und Flut, die Seele der Menschen und der Tiere, vermute ich", sprach Maike, „und wohl noch vieles andere wird vom Mond, ich möchte beinahe behaupten, geregelt! Dabei ist er nichts anderes als ein riesiger Stein, ohne Eigenbewegung, der von der Sonne angestrahlt wird und deshalb sichtbar ist!"

„Ja! Das ist bemerkenswert!", bestätigte ich und meinte noch:

„Da gibt es doch in den Tabaluga-Geschichten, das Lied vom Mond!"

„Ich leuchte sichtbar, doch ich strahle nicht, ich geb' nur ab vom Schein, der auf mich fällt..."

„Ja, so genau ist das!"

Wir saßen noch einige Minuten beisammen, dann sagte Maike:

„Ich gehe jetzt ins Bett! Gute Nacht!"

Sie stand auf, nahm ihr Glas und ging, ohne sich noch einmal umzusehen zur Tür zwischen unseren Zimmern und dann in ihren Raum. Die Tür schloss sie leise.

Ich hörte das Rasseln der Gardinen vor dem Fenster. Wenig später sah ich durch einen sehr schmalen Spalt des gelben Lichts dort, wo beide Gardinen sich berührten.

Als dann später in Maikes Zimmer das Licht erloschen war, fühlte ich mich, ich gebe das unumwunden zu, einsam. Warum, konnte ich mir nicht erklären. Auch heute, während ich diesen Bericht schreibe, kann ich keine Begründung finden.
Ich vermutete damals und bin auch heute noch der Meinung, Maike vermittelte mir das Gefühl der Nähe und Geborgenheit. Das hatte ich sehr lange nicht empfunden und deshalb vermisst.
Zwar hatte ich einige Bekannte, Freunde will ich sie nicht nennen, mit denen konnte ich die meisten der mich bewegenden und berührenden Dinge besprechen. Aber dennoch habe ich bei diesen Gesprächen nur sehr selten das Gefühl der Vertrautheit erlebt.

Dann bemerkte ich, jetzt allein auf dem Balkon, wie mich die Müdigkeit umarmte, assistiert von der Schwere des Rotweins.

Ich habe beim Schreiben dieses Berichts häufig überlegt, ob ich die Gespräche zwischen Maike und mir wiedergeben soll. Ich habe mich dann entschlossen, nicht
alles zu veröffentlichen. Es war immer mein Bestreben, sowohl Maikes als auch meine Privatsphäre unter uns zu belassen.

Der zweite Tag

1

Ich öffnete die Augen und blinzelte in die Sonne, die mir in mein Gesicht schien.
Wider Erwarten hatte ich in dieser Nacht, obwohl der Mond hoch am Himmel stand, sehr gut geschlafen.

Auf meinen rechten Ellenbogen gestützt und so etwas aufgerichtet, konnte ich durch die geöffnete Balkontür den Horizont über dem Meer sehen.

Man konnte den Horizont mehr erahnen als sehen. Möglicherweise deshalb, weil irgendwo da draußen der Himmel über dem Meer begann, wieder heller zu werden. Aber eine, vielleicht mit dem Lineal gezogene, Linie war nicht zu erkennen.

Dann hörte ich ein leises, sehr leises Seufzen. So, als erlebte jemand etwas im Traum, das ihn sehr bewegt. Ich blickte mich um, sah zunächst, die Tür zwischen unseren Zimmern war geöffnet und beinahe im selben Augenblick, dass Maike im Bett neben mir lag und in ihre Bettdecke eingerollt schlief.
Ich legte mich wieder sehr vorsichtig in mein Bett und so, dass ich Maike beobachten konnte.
Eine Strähne ihres dunkelblonden Haares lag auf

ihrem Gesicht, während Maike tief und ruhig atmete.
Ich befürchtete, eine unvorsichtige Bewegung, ein leises Räuspern oder irgendetwas anderes könnte genügen, um Maike erwachen zu lassen.
Wir lagen nebeneinander. Wie lange, weiß ich nicht und es ist auch ohne Bedeutung. Vielleicht war es eine Viertelstunde oder länger.
Dann bewegte Maike den Kopf, öffnete ihre Augen und sah mich an.
Ich beobachtete, wie sich einige Augenblicke orientieren musste. Dann war sie wach und sagte leise:

„Einen guten Morgen und schönen Tag wünsche ich dir!"

„Danke!", erwiderte ich, „Auch für dich soll es ein schöner Tag werden!"

Die Sonne stand bereits so hoch am Himmel, dass sie ein sehr kleines Stück unter der oberen Fensterkante gerade noch zu sehen war und auf Maike und mich scheinen konnte.

Während Maike mich anblickte, sah ich, ihre Augen, das eine grün, das andere blau, leuchteten. Wie das Meer an manchen Tagen blau und an anderen Tagen grün erscheint.

Dann, nach wenigen Augenblicken, als Maikes Augen kaum noch so intensiv leuchteten, wusste ich, die Sonne war höher gestiegen und schien nicht in ihre Augen.

Ich wollte Maike fragen, warum sie neben mir geschlafen hatte, aber statt dessen sagte sie:

„Ich hatte Angst. Wirkliche und richtige Angst! Ich dachte, irgendjemand steigt über das Balkongeländer und kommt in mein Zimmer..."

„Wenn, dann wäre der auch dann gekommen, als du bei mir gelegen hast!"

„Ja! Aber du hättest mich beschützt!"

Darauf konnte ich nichts erwidern. Weil das der Wahrheit entsprach. Also sagte ich nur:

„Stimmt!"

In fremder Umgebung werden andere, vor allem unbekannte und ungewohnte, Geräusche auffälliger wahrgenommen. Anders als in heimischer Umgebung. Da wird am Zuschlagen der Tür erkannt, welcher Nachbar soeben sein Auto abgestellt hat.
Jedoch sollte es dazu im eigenen Haus sehr ruhig sein.
So konnte es gewesen sein, dass Maike in der Nacht Geräusche hörte, für sie neu und fremd, die sie nicht zuzuordnen wusste. Das konnte vielleicht so gewesen sein. Das sagte ich Maike. Sie antwortete nicht, kuschelte sich noch mehr unter ihre Bettdecke, schloss die Augen und flüsterte nur:

„Lass uns noch einige Minuten so nebeneinander liegen!"

Ich befolgte Maikes Wunsch und konnte beobachten, dass sie nach einigen Augenblicken noch einmal sehr tief und fest schlief. Und dabei gleichmäßig und leise atmete.

Wieder wollte ich nicht durch eine unbedachte Bewegung oder durch Räuspern möglicherweise stören und Maike dann gar aufwecken.

Vorsichtig stand ich auf und ging auf den Balkon, um den erwachenden Tag und den Hafen zu beobachten.
Das wurde vom Geschrei und dem Gekrächze einiger Möwen begleitet. Irgendjemand aus einer der Fischbuden gegenüber der Pier hatte einen Eimer mit Abfällen in das Hafenbecken entleert. Was für die Möwen Anlass genug war, jetzt um diese Reste zu miteinander zu streiten und zu zanken und zu zerren.
Offenbar hatte sich diese Art und Weise der Abfallbeseitigung, das kannte ich aus Kindertagen, über die Jahre und auf der Insel erhalten. Egal, ob das erlaubt war oder nicht. Und wenn das nun unerwünscht wäre, das Verklappen der Abfälle in das Hafenbecken, hätte man, da bin ich mir sehr sicher, bereits amtlicherseits dagegen protestiert.
Und genauso bin ich mir sicher, den Möwen wäre ihr Fischfrühstück dennoch sicher gewesen. Tradition ist und bleibt Tradition.
Vor nicht allzu langer Zeit wurde mir bei einer ähnlichen Gelegenheit erklärt:
„Is' allens organisch!"
Ich hatte mich über das Geländer gebeugt. So erweiterte ich das zu beobachtende Terrain. Nicht nur nach rechts und links. Auch nach oben und unten.
Dann bemerkte ich, der Hafen und dessen Umgebung hatten den Tag angenommen und begannen, mit ihm und in ihm zu leben.
Auch sah ich die ersten Spaziergänger, Frühaufsteher, die an der Pier standen und auf das Meer schauten.

Dann kamen vier Männer und gingen zu einer der Yachten, die im Museumshafen lagen. Ich konnte sehen, wie sie begannen, das Schiff aufzuklaren. Sie wollten auf das Meer segeln.
Wenig später kam ein weiterer Mann in Begleitung einer Frau. Bald bemerkte ich, es war der Eigner. Er war seiner Begleitung dabei behilflich, an Bord zu kommen und beide gingen dann sofort unter Deck.
Der Mann war beim Aufklaren des Seglers nicht behilflich. Arrogantes Benehmen, stellte ich fest.

Wieder beugte ich mich über das Balkongeländer und sah, auf einigen Terrassen der Pensionen wurde das Frühstück vorbereitet. Und als ich mich wieder zurückgelehnt hatte und auf meine Füße blickte, sah ich zwei weitere Füße. Allerdings kleiner, als meine es waren und mit rot lackierten Nägeln: Maike hatte sich neben mich gestellt und wünschte mir nochmals einen guten Morgen und einen schönen Tag.
Dann blickte sie ebenfalls auf den Hafen. Wir wissen jedoch, es waren eigentlich drei Häfen.
Nach einer Weile sagte Maike:
„Wann sollen wir an Bord gehen?"
„Wir sollen fünfzehn Minuten vor zehn da sein. Und pünktlich!"
„Und dann?"
„Hoffentlich sehr lange mit dem Schiff fahren. Um die Inseln segeln!"
„Ja! Sehr lange!", bestätigte Maike, „In zehn Minuten können wir zum Frühstück gehen!"

Dann ging sie in das Zimmer. Ich schaute ihr nach, wie sie, mit einem knöchellangen Nachthemd bekleidet, dass ihre mädchenhafte Figur betonte, vom Balkon beinahe entschwebte.

2

Der Frühstücksraum, am Abend auch für unterhaltende Zusammenkünfte genutzt, befand sich im Erdgeschoss der Pension. Sechs Tische mit jeweils vier Plätzen und ein Tisch mit sechs Plätzen, dazu Mobiliar für Geschirr und Besteck, wohl auch für Gesellschaftsspiele und Vasen und andere benötigte Utensilien, waren in dem Raum vorhanden.

Am Frühstücksbuffet, bescheiden ausgestattet und in einer Kühlvitrine mit verspiegelter Rückwand angerichtet, konnte man sich in einem Nebenraum bedienen

Mir fiel auch hier auf, dass überall dort, wo es für notwendig erachtet wurde, dem Gast Hinweise, wie er sich bitte zu verhalten hatte, gegeben wurden. Ebenfalls auch das, was nicht erwünscht wurde, hatte man kleinen Zetteln anvertraut und an entsprechender Stelle platziert. Die Regeln für das Leben in diesem Haus!

Maike bestätigte später meine Beobachtungen und meinte, kurz und knapp, dass sie so etwas „unmöglich", sogar „deplatziert", findet. Mehr sagte sie nicht dazu, weil mit diesen beiden Worten alles erklärt war.

In dem kleinen Nebenraum vis-a-vis des Frühstücksbuffets und dieses immer beobachtend, saß eine sehr große Frau, die uns freundlich begrüßte.

Sehr gut konnte ich mir vorstellen, warum, ist mir bis heute rätselhaft, dass sie ihr Zuhause, wo immer sich das befand, mit mindestens fünf Katzen gemeinsam bewohnt.

Manchmal hat man derartige Vorstellungen, ohne das begründen zu können.

Um der Vollständigkeit zu genügen möchte ich noch feststellen, dass ich gegen Katzen, egal, welcher Gattung oder Art, Rasse und Größe, keinen Groll empfinde. Jedoch würde mir eine Hauskatze genügen.

Maike und ich stellten unser Frühstück aus dem Angebot in der Kühlvitrine zusammen. Als ich die wieder mit Schiebetüren verschloss, stand die Frau, ihr Kommen hatte ich nicht bemerkt, neben mir und fragte:

„Wo möchten Sie sitzen?"

„Auf der Terrasse!", antwortete Maike.

„Gerne!", bestätigte die stattliche Frau, „Gehen Sie hinaus, ich bringe Ihnen alles!"

Die Terrasse, zu beiden Seiten des Weges zum Eingang gelegen, wurde von sehr großen Markisen überspannt. Und neben der kniehohen Umgrenzungsmauer standen Schirme in mit

Betonklötzern beschwerten Füßen.

Die Sonne stand jetzt, am Vormittag gegen halb neun, bereits hoch am Himmel. Jedoch unter den schattenspendenden Stoffbedachungen war es, auch Dank der leichten Brise, die vom Meer wehte, angenehm.

Maike wählte für uns einen Tisch rechts vom Eingang und stellte ihren Teller mit dem Essen dorthin, wo sie sitzen wollte: Mit dem Blick über den Hafen und auf das Meer. Dann blickte sie mich fragend an.
War sie nicht sicher darüber, an diesem Tisch und auf diesem Platz sitzen zu wollen?
Ich ignorierte ihre Unsicherheit, stellte meinen Teller auf den Tisch und bedeutete Maike, dass ich behilflich sein wollte, wenn sie das wünschte.
Wir bemerkten nicht, dass die stattliche Frau an unseren Tisch getreten war und das Service und Besteck auf einem Tablett gebracht hatte.
Nun stellte und sortierte und rückte das, was zum frühstücken benötigt wurde, zurecht, und dann war der Tisch für Maike und mich vorbereitet. Die Frau fragte, ob sie Kaffee oder Tee oder vielleicht beide Getränke bringen soll und sagte dann, als sie wieder zwei oder drei Schritte vom Tisch entfernt war:
„Jetzt muss einer von Ihnen immer am Tisch sein!"
Maike sah mich fragend an und ich sagte leise:
„Wegen der Möwen!"
„Ach ja! Daran hätte ich nicht gedacht!"

Die Frau brachte den bestellten Tee, schob und rückte auf dem Tisch den einen Teller noch dorthin und stellte die Salz- und Pfefferstreuer neben den Brotkorb und dann die Teekannen auf den Tisch.
Ohne ein weiteres Wort zu sagen, ging sie zum Eingang und dann in das Haus. Ohne sich noch einmal umzusehen.

Maike und ich waren, neben einem älteren Mann, den eine jüngere Frau begleitete, offenbar die einzigen Gäste in der Pension.
Maike meinte, vielleicht sind das Vater und Tochter, die in der Pension Quartier genommen haben und ergänzte nach einigen Momenten:

„Nicht jeder ältere Mann hat eine jüngere Frau als Begleiterin. Oder, vorausgesetzt, er ist alleinstehend, eine jüngere Frau als Lebenspartnerin. Und sollte es auch nur für einen mehr oder weniger langen Abschnitt seines Lebens sein!"

„Es ist durchaus verständlich, jedenfalls für mich, wenn sich ein Mann eine etwas jüngere Frau zur Seite nimmt..."

„Warum?", Maike sah mich fragend an.

„Frauen sollen, so habe ich das 'mal gehört, langsamer altern!"

„Das kann ich nicht beurteilen, ob es so richtig ist! Ich weiß aber, das die beiden Männer, mit denen ich bisher zusammen lebte, nur unwesentlich älter als ich waren..."

„Und jetzt?", fragte ich.

„Jetzt lebe ich allein!", Maike sah mich an und

sagte dann sehr leise:

„Ich habe zwei Männer in ihren besten Jahren verloren. Der eine hatte einen Unfall und der andere ist allein gegangen. Wir ahnten nicht, wie depressiv er war... Keiner von uns ahnte das!"
Maike wischte mit dem Handrücken über ihr Gesicht und wehrte eine liebevoll von mir gemeinte Geste sanft, aber bestimmt, ab.

„Das habe ich nicht gewusst!", sagte ich nach einigen Augenblicken.

Nach einigen Minuten hatte ich den Eindruck, Maikes traurige Augenblicke waren überwunden, als sie mich fragte:

„Wenn wir dann mit dem Schiff wieder an Land gekommen sind, was werden wir dann machen?"

„Vielleicht hinüber fahren, zur kleinen Insel?", fragte ich und ergänzte:

„Dort ist der Strand besonders breit und vielleicht finden wir besondere Steine!"

„Du meinst rote Feuersteine?"

„Auch. Außerdem warten dort noch andere interessante Funde, vielleicht, auf uns."

„Dann sollten wir dort hinfahren!"

Als wir nach dem Frühstück den Tisch abräumen wollten, kam die große und stattliche Frau schnell auf die Terrasse geeilt und sagte sehr bestimmt:

„Das mache ich!"

Sie nahm Maike die Teekannen aus der Hand, um sie auf ein Tablett zu stellen, ebenso weitere Teile des Frühstückservice und den Brotkorb. In den legte

sie das Besteck und die Eierbecher. Das alles geschah so schnell, dass wir nur darüber staunen konnten. Und während wir die Frau beobachteten und neben dem Tisch standen, sagte die noch einmal:
„Das ist meine Aufgabe!"

Maike wendete sich wortlos um, nahm meine Hand und sagte:
„Danke für Ihre Aufmerksamkeit!"

Als wir später noch einmal über das soeben Geschehene sprachen, meinte Maike:
„Ich habe Probleme damit, es anderen Leuten zu überlassen, mir meine schmutzigen Tassen und Teller hinterher zu räumen. Es ist sicher etwas anderes, wenn man in einer Gaststätte zu Besuch ist und die Bedienung kümmert sich. Aber in diesem Falle, wie heute morgen, kann doch jeder Gast seine benutzten Teller alleine wegräumen. Meinetwegen bis zu einem Servierwagen.."
„Das wäre sicher nicht zu viel verlangt. Aber bedenke, unter uns sind Zeitgenossen, die meinen, sie hätten mit der Buchung des Zimmers gleichzeitig den Anspruch erworben, dass man ihnen nach räumt. Und sind dann auch noch so vermessen, darauf zu bestehen: „Wofür bezahle ich denn?", habe ich nicht nur einmal gehört..."
„Ja, da hast du recht! Leider!", antwortete Maike.

Zum Frühstück hatten wir unsere Rucksäcke, darin alles das, was jeder von uns am Tag benötigte, mitgebracht. So konnten wir von der Pension zum

Segler gehen, der nur wenige Dutzend Meter entfernt an der Pier lag.

Wenige Minuten vor der vereinbarten Zeit erreichten wir den Liegeplatz.

Die junge Frau, von der wir gestern die Keramikplaketten als Quittung für die Anzahlung erhalten hatten, kam und sagte:

„Es tut uns leid. Wir können nicht in See stechen!"

„Und warum nicht?"

„Irgendein Ventil am Schiffsdiesel ist defekt. Der Techniker ist seit dem frühen Morgen mit der Reparatur beschäftigt. Aber die Maschine wird in der nächsten Viertelstunde nicht betriebsbereit sein. Auch nicht in der nächsten halben Stunde. Und auch nicht in einer Stunde!"

„Und ohne Motor wollt ihr nicht los?", fragte Maike.

„Nee! Nicht ohne Maschine! Ihr gebt mir jetzt die Plaketten und erhaltet die Anzahlung zurück! Oder wir treffen uns morgen zur gleichen Zeit?"

Maike sah mich an und beinahe gleichzeitig sagten wir:

„Morgen zur gleichen Zeit!"

„In Ordnung! Angemacht! Morgen zur gleichen zeit hier an der Pier!"

„Ja!", bestätigte Maike noch einmal.

Wir gingen einige Schritte und dann sahen wir uns an Maike fragte mich:

„Und nun?"

„Fahren wir zur kleinen Insel! Oder?"

„Gerne! Los, komm!"

3

Ein Boot, zum Schutz vor überkommendem Wasser und auch Regen, mit einer Persenning überspannt, brachte uns und einige andere Fahrgäste auf die kleine Insel.

Die Überfahrt, während der etwas mehr als eine halbe Meile zurückzulegen waren, endete nach wenigen Minuten.
Dann hatten wir eine Schutzmauer aus Stahl umfahren und das Boot glitt langsam zur Pier. Ein Tampen wurde jeweils vorn und achtern um einen Dalben geworfen und dann das Boot zur Betonkante der Pier gezogen. Soweit, bis es an den Autoreifen, die vor der Berührung mit dem Beton schützen sollten, rhythmisch quietschte.

Das Zeichen zum Aussteigen wurde gegeben. Und während sich das Boot an den Reifen rieb, kletterten die Passagiere an Land.
Ich half Maike beim ausschiffen. Was sie mir mit einem Blick, der viel Dankbarkeit vermittelte, bedachte.

Zugegeben: Ich war bereits drei oder vier Mal auf der großen Insel. Der erste Besuch war noch damals, mit meinem Segelboot. Aber das habe ich erst Jahre später, ich meine, wohl erst nach dem Studium, erzählt. Und der letzte Besuch war schon so lange her, dass ich mich an das genaue Datum nicht mehr erinnern konnte.
Jedenfalls war damals, bei meinem letzten Besuch, die

Hafenanlage schon so, wie sie eigentlich seit immer bestanden hatte. Egal, wann der Besuch war.
Aber auf der kleinen Insel war ich noch nie. So glich der heutige Besuch mit Maike der Erkundung mir unbekanntem Neuland.
Und das war mir, aus verständlichen Gründen, nicht unangenehm.

Wir betraten die kleine Insel, abgetrennt durch die Sturmflut in der Silvesternacht während der Jahreswende 1720 auf 1721.

„Das muss für die Bewohner ein mit Sicherheit bedeutendes und beeindruckendes Ereignis gewesen sein! Denn plötzlich versank ein Teil ihrer Heimat im Meer!", sagte Maike.

„Man sollte diese Situation sehr ernst nehmen! Ich meine, an einem Morgen, egal wann und wo, aufzuwachen und dann feststellen, ein Stück der Heimat ist im Meer versunken, das muss ein beklemmendes Gefühl hervorgerufen haben!"

„Auf einer Insel ohnehin!", bestätigte Maike.

Wir hatten in der Pension die stattliche Frau danach gefragt, wo wir auf der kleinen Insel vielleicht einige Stücke des roten Feuersteins finden könnten:

„Ohne Ihnen Erfolg garantieren zu können, empfehle ich Ihnen, am Nordoststrand, gegenüber dem Anleger, zu suchen. Die kleine Insel ist annähernd quadratisch. Wir hatten vor einigen Tagen sehr heftigen und hohe Seegang. Da wurde bestimmt was aufgewühlt und angespült!"

„Danke!", sagte Maike zu der Frau, „Wir werden das versuchen!"
Dann meinte die Frau noch, ihr Mann geht da, am Nordoststrand, auch immer nach den Feuersteinen suchen:

„Erst gestern kam er mit einigen sehr schönen Stücken nach Hause!"

„Und dann bearbeitet Ihr Mann die Steine?", fragte Maike.

„Ja! Aber das dauert. Der Stein ist so hart. Beinahe reinstes Silizium. Sagt mein Mann!"

„Er hat Recht! Silizium mit einigen Beimengungen!", meinte Maike.

„Das hat er mir schon so oft gesagt…!"

Ich fragte nicht danach, wie der Feuerstein nach dem Auffinden bearbeitet wird. So etwas, meinte ich, sollte mir jemand erzählen, am besten zeigen, der das kann. Der Mann der stattlichen Frau. Zum Beispiel. Also bedankten wir uns für den Hinweis und hörten die Frau noch sagen:

„Gehen Sie vom Anleger am besten im Uhrzeigersinn um die Insel. Am Nordweststrand könnten Sie noch Kreide finden! Auch 60 oder mehr Millionen Jahre alt. Und am Ende Ihres Rundganges ist dann in dem Café am Leuchtturm immer guter Kuchen zu haben…"

„Danke! Danke!", sagte Maike.
Später begann dann Maike, unser Frühstücksgeschirr zusammen zu räumen. Was nun wiederum die

stattlichen Frau nicht gerne hatte... Doch das wissen wir bereits.

Wenige Schritte vom Anleger entfernt stand eine mehr als mannshohe Tafel. Darauf war die Insel mit ihren Sehenswürdigkeiten und Besonderheiten aufgezeigt. Ebenso konnte man Hinweise zum naturschutzgemäßen Verhalten erfahren.
„Da werden wir also ebenfalls Seehunde beobachten!", meinte Maike.

In diesem Moment befand sich genau über uns ein einmotoriges Flugzeug im Landeanflug. Der Pilot hatte den Motor gedrosselt. Die Maschine, so wollte es scheinen, segelte der Landebahn entgegen. Deutlich war das Pfeifen des Windes an dem Flugzeug zu hören. Und einige Augenblicke später, die Maschine war von uns nicht zu sehen, hörten wir den Motor laut aufheulen: Der Pilot bremste so das Flugzeug ab und brachte es zum Stehen...

„Dann lass uns zum Strand gehen!", sagte Maike, nahm meine Hand und zog mich hinter sich her.
Mir blieb nichts weiter, als ihr zu folgen und ich sagte noch „Ja!" und dann begannen wir so, wie es uns die stattliche Frau in der Pension empfohlen hatte, im Uhrzeigersinn die Insel zu umrunden.

Nach wenigen Metern, vielleicht fünfzig Schritte weiter, erreichten wir einen breiten Sandstrand. Auf dem lagen in einiger Entfernung, zweihundert Meter, vielleicht auch wenig mehr, können es gewesen sein, einige Robben oder Seehunde am Spülsaum und dösten. Mehrere Menschen standen in der Nähe der Tiere.

„Die sollten doch etwas weiter zurückgehen!", sagte Maike, „Ist doch klar und deutlich auf dem Schild am Anleger erklärt!"
„Das begreifen die wohl erst dann, wenn eines der Tiere die Leute darauf aufmerksam macht und das einfordert!", entgegnete ich, „Die haben Junge, da muss die Distanz sowieso größer sein!"
„Andererseits sind die Tiere an den Besuch von Menschen gewöhnt!"
„Es sind und bleiben wilde Tiere!"

Wir hatten uns den Robben oder Seehunden so weit genähert, um einzelne Tiere genauer zu sehen. Und es war deutlich zu erkennen, vor uns lagen Kegelrobben am Spülsaum.
„Man kann sehr deutlich die männlichen und die weiblichen Tiere unterscheiden!", sagte ich.
„Ja?", fragte Maike.
„An der Fellfarbe. Die Weibchen sind hell und haben dunkle Flecken. Und bei den Männchen ist es umgekehrt: Dunkles Fell mit hellen Flecken."
„Und die Jungen sind die Heuler?"
„Ja! Während die Mutter im Meer auf Nahrungssuche ist, wartet das Kleine meistens auf einer Sandbank. Und dann, wenn es Hunger bekommt, ruft es die Mutter. Dieses Rufen hört sich so, wie

Geheul an..."

Wir hatten uns den Robben noch weiter genähert, als sich plötzlich und sehr schnell eines der großen und starken Männchen auf einen Mann zubewegte. Der konnte in einem der letzten Momente, so überraschend kam der Angriff, seine Kamera nehmen und das Weite suchen.

„Der hat es wohl übertrieben!", meinte Maike.

„Aber mehr als deutlich! Mindestens zwanzig, besser dreißig Meter Abstand sollten zu den Tieren gewahrt werden. Und wenn dreihundert Kilo Robbe in Bewegung sind, dann möchte ich nicht im Wege stehen..:"

„Dreihundert Kilo wiegt so ein Männchen?"

„Ja!"

Der Mann hatte sich in Sicherheit gebracht und mit ihm waren die anderen Menschen ein bedeutendes Stück von den Tieren zurück gewichen. Was die Robbe veranlasste, wieder zur Herde zurückzukehren und sich schnaufend in den Sand zu legen. Ebenso schnauften und schmatzten einige der anderen Robben und Maike meinte:

„Der wird von seinen Kollegen als Sieger gefeiert!"

„Und das zu Recht!"

Auf den Stränden beider Inseln kann man, den Strand genau betrachtet und mit einigem Glück, unterschiedliche Fossilien finden. Neben, wie selbstverständlich, Feuersteinen und Kreidestücken. Die sind manchmal so groß wie eine Männerfaust.

Immer dann, wenn Stürme, oft begleitet von Sturmfluten, über die Inseln hinwegfegen, kann es geschehen, dass danach die Strände umgeschichtet sind. Dann sind nicht nur andere Uferlinien entstanden, sondern es liegt eine neue Schicht Fossilien und Feuersteine und anderes Interessante für den Sammler bereit.
Das ist auch der Grund dafür, warum der Kenner nach der Sturmflut zur kleinen Insel fährt, um roten Feuerstein zu suchen.

Maike blieb stehen und hielt mich am Arm fest und hinderte mich so am Weitergehen:

„Warte 'mal!", sagte sie, „Ich habe da etwas gesehen!"

Sie hockte sich auf den Strand und begann, mit einem kleinen Stock im Sand zu kratzen und zu stochern. Und bald lagen mehrere Fossilien, meistens Belemniten, auch als Donnerkeile bekannt, und ein kleiner versteinerter Seeigel in ihrer Hand. Auch ein Stück blaues Glas, etwa so groß wie ein Daumennagel, gesellte sich an anderer Stelle dazu.

Ich bückte mich, um ein Stück weiße Kreide aufzuheben. Dann blickte ich erneut auf die Fundstelle und begann, den feinen Sand von der Stelle, an der eben noch die Kreide gelegen hatte, zur Seite zu kratzen.

Manchmal macht man am Strand, wenn etwas gesucht und vielleicht gefunden werden soll, Dinge, die nicht zu erklären sind. Ich wischte dann noch zwei-

oder dreimal über den Sand und dann rief ich Maike. Als sie neben mir stand, deutete ich auf den Strand vor meinen Füßen und sagte:

„Sieh 'mal!"

„Na, da ist ja was!"

Vor uns lag ein Stück roter Feuerstein.

„Ob das jemand für uns hierher gelegt hat?", fragte Maike.

„Wohl kaum.", ich hob den Stein auf.

Als ich ihn in meiner Hand hielt, ein quadratisches Stück roter Feuerstein von etwa zwei oder drei Zentimetern Kantenlänge, sah ich auf dem Strand einen weiteren Feuerstein liegen. Den hob ich ebenfalls auf, ein etwas kleineres Stück, das an einer Ecke beschädigt war.

Die Ränder der Bruchstelle fühlten sich glatt an, weil vom Meer und vom Sand geschliffen.

Ich gab Maike die beiden Steine, bevor ich begann, nach weiteren Stücken zu graben. Das hatte an dieser Stellen keinen Erfolg, wie ich bald feststellen musste.

Ich hatte gehofft, ein Nest mit roten Feuersteinen, ähnlich einem Gelege, ausgraben zu können.

Maike sah mich an und meinte, das würde ja gut anfangen. Dann gab sie mir die beiden roten Feuersteine:

„Du hast sie gefunden. Sie gehören dir!"

Maike sollte einen der roten Feuersteine behalten, ich wollte ihr jedoch keines der Stücke schenken. Das, so meinte ich, könnte von ihr so ähnlich wie „zugeteilt" empfunden werden. Dachte ich mir und

sagte zu Maike:
„Zwei Leute! Zwei Steine! Dir gehört einer von beiden! Darum lass uns losen oder raten!"
Ich nahm in jede meiner Hände einen Stein und begann hinter dem Rücken die Steine zu tauschen. Solange, bis ich nicht wusste, in welcher Hand sich welcher Stein befand. Dann streckte ich Maike meine Hände entgegen und bedeutete ihr, sich die Hand, die ich öffnen sollte, zu zeigen.
Maike entschied sich für meine linke Hand und meinte:
„Ich bin für alles, was links ist. Außerdem kommt die vom Herzen!"
Dann öffnete ich die Hand und Maike nahm den Stein, welchen ich zuerst gefunden hatte. Den nahm sie fest in eine ihrer Hände, kam zu mir, umarmte mich und legte den Kopf an meine Schulter. Und sagte sie sehr leise:
„Danke für die Zeit mit dir!"
Sie ließ mich wieder los und lief schnell, sehr schnell, zum Spülsaum. Die Hand mit dem roten Feuerstein tauchte sie jetzt in das Wasser, öffnete die Hand sehr vorsichtig und betrachtete dann erneut den Stein. Maike blickte zu mir und sagte:
„Im Wasser, ich meine, wenn er nass ist, sieht der Stein noch sehr viel schöner aus. Er glänzt!"
Ich antwortete nicht, ging statt dessen zu ihr und gemeinsam schauten wir den Stein, in Maikes Hand und unter Wasser, an.
Nun ließ auch ich meine Hand, die den anderen roten Feuerstein umschloss, langsam in das Wasser gleiten, öffnete die Hand und jetzt standen Maike und ich gebückt nebeneinander und betrachteten die rote Feuersteine in unseren Händen.

„Kann es sein, dass die beiden Steine Teile eines Steines sind, der gespalten wurde?", fragte Maike.

„Ja! Schon möglich!"

Ich nahm meine Hand aus dem Wasser und betrachtete meinen Stein. Den mit der abgeschlagenen Ecke.

„Zeige mir 'mal deinen Stein!", bat ich Maike.

Sie zog ebenfalls ihre Hand aus dem Wasser und hielt sie neben meine Hand.

„Es könnte so sein, wie du es vermutest. Die waren ehemals ein Stein. Könnte aber nur sein!", sagte ich zu Maike.

„Ja! Hier, die Flächen passen übereinander!"

Maike hielt ihren Stein über meinen Stein, betrachtete beide eine Weile und stellte anschließend fest:

„Wenn 'ne Ecke fehlt, ist das zu erklären, warum die fehlt. Aber hier, dem Buckel auf der Fläche deines Steines ist keine Delle, auch nicht ansatzweise, gegenüber auf meinem Stein. Und soviel können das Meer und der Sand nicht schleifen. Die Steine bestehen zu beinahe einhundert Prozent aus Siliciumverbindungen. Da ist es beinahe unmöglich, die Fläche nur mit Sand zu schleifen!"

„Stimmt!", sagte ich.

Während wir über die Möglichkeit, dass jeder den Teil eines ehemals größeren roten Feuersteins in der Hand hielt, sprachen, waren wir am Strand entlang gegangen und standen nun in gehörigem Abstand von den Robben entfernt.

Die Tiere dösten wieder zufrieden und beachteten uns nicht. Zumindest hatte das den Anschein. Jedoch hat jede Herde freilebender Tiere Wächter, die genau die Umgebung beobachten und bei Gefahr warnen.

Das ist bei einem Rudel Rehe genau so wie bei einem Schwarm Kraniche. Und bei einer Herde Kegelrobben nicht anders. Sogar die Kühe und Pferde auf den Hausweiden sorgen auf diese Weise vor für sie unangenehmen Überraschungen und für ihre Sicherheit.

Und ich war davon überzeugt, die Wächter der Herde Kegelrobben, die vor uns am Spülsaum dösten, registrierten aufmerksam jede unserer Bewegungen und waren bereit, das Revier zu verteidigen.

„Und warum sind das Kegelrobben?"

„Das Gebiss der Tiere hat diese Form", antwortete ich, „Aber weiteres kann ich dir nicht sagen!"

„Das Netz, ich meine, das weltweite, kann mir diese Frage sicher sehr ausführlich beantworten!"

„Bestimmt! Das Netz weiß alles. Oder zumindest fast alles!", antwortete ich.

„Es ist schon bedeutend, wie schnell sich dieses technische System verbreitet hat. In noch nicht einmal einer Generation!"

„Eine bedeutende Entwicklung, vielleicht Erfindung, welche die Kommunikationstechnik grundlegend veränderten."

„Stimmt!", bestätigte Maike, „Und ich kann die Netzverweigerer nicht verstehen. Neue Techniken, mitunter neue Technologien eröffnen in den meisten Fällen weitere und mitunter neue Wege. Man sollte nun nicht jedes Detail für sich in Anspruch nehmen, allerdings für das Neue doch recht eigentlich leben..."

„Und das Gute am Alten bewahren!"

„Damit haben wir nun den alten Fontane und seinen Stechlin, wenigstens für einige Momente, auf die Insel geholt!", sagte Maike und sah mich an.

Und ich meinte, ihr grünes Auge leuchtete erneut noch grüner und ebenfalls das blaue noch viel blauer. Vielleicht ist die Intensität, mit der Augen leuchten können, vom psychischen und physischen Wohlbefinden abhängig? Ob das bereits untersucht wurde? Es wird über so viele Dinge nachgedacht, soviel erforscht...

Ich sah auf das Meer und war für einige wenige Augenblicke in meine Gedankenwelt über blaue und grüne Augen vertieft.

Wie selbstverständlich nahm Maike mich an die Hand und nach wenigen Schritten gingen wir nebeneinander und händchenhaltend wie neu Verliebte. Dann meinte Maike:

„Hey, träumst du mit offenen Augen?"

„Nee, schon gut!"

Nun zog sie mich weiter, den Strand entlang, an den Kegelrobben vorbei und zu einer niedrigen Betonmauer, vom Strand in das Meer gebaut und etwa fünfzig Meter lang.

„Möglicherweise irgendwelche Mauern, die dem Küstenschutz dienen. Dort drüben ist auch eine!", sagte Maike.

„Du meinst, die sollen Strömungen im Wasser

unterbrechen, Sandabtrag verhindern, Wellen brechen?"

„Vielleicht!"

„Doch immerhin hat man begonnen, ich meine, es war Ende der 1930-er Jahre, die beiden Inseln zu einem Hochseehafen auszubauen. Und gleichzeitig zu einer Seefestung. Kann sein, die Mauern sind auch in diesem Zusammenhang errichtet worden.", sagte ich.

„Und der Flugplatz?"

„Wurde ebenfalls während dieser Zeit gebaut. Übrigens nur für kleinere Flugzeuge zugelassen und wohl auch nicht so einfach anzufliegen. Dennoch soll eine Boeing irgendwann in den 1970-er Jahren versucht haben, hier zu landen. Zum Glück kam es nur zum touch-down."

„Also Landeanflug, dann die Piste nur kurz berührt und wieder durchgestartet?"

„Ja!"

„So 'ne Boeing braucht doch zwei oder drei Kilometer, um zu landen. Und das hier ist doch höchstens einen Kilometer lang! Da bleiben doch etwa lediglich neunhundert Meter, um ein Flugzeug zu landen! Wenn überhaupt!", sagte Maike.

„Ja! Kann sein. Weiteres kann ich dir auch nicht sagen. Ich wollte das nur erwähnt haben!"

Vor der Betonmauer, die in das Wasser führte und dort dann mehr als einen Meter herausragte, lagen Feuersteine im Sand. Feuersteine aller erdenklicher Größen. Steine, groß wie ein Kinderkopf und Steine, groß wie eine Haselnuss. Oder noch kleiner. Und alle Zwischengrößen waren ebenso zu finden. Die meisten Steine waren grau, manche grau-blau und oft mit einer

weißen Schale.
Rote Feuersteine konnte ich nicht entdecken.
Das war wohl auch dem Umstand zu verdanken, dass meine Augen nicht darin geübt waren, aus einem Haufen nicht zertrümmerter Feuersteine die roten herauszufinden. Zumindest einige davon.
Weil das Zerschlagen der Feuersteine am Strand nicht erfolgen sollte, musste ich mich damit begnügen, dass der Zufall mir beim Finden eines roten Feuersteins behilflich wird. Oder ich fand die Reste eines zerschlagenen roten Feuersteins.

Wir stiegen über die Betonmauer und standen jetzt am Rand eines Feuersteinfeldes. Zwischen der Sanddüne und dem Meer lagen an diesem Teil des Strandes Feuersteine, ebenfalls wieder aller Größen und Formen.

„Da werden wir doch noch zwei rote Feuersteine finden!", sagte Maike und zog wieder ihre Schuhe an, „Ich möchte mir hier nicht die Füße zerschneiden! Wer weiß denn, ob sich alle an das Verbot, Feuersteine zu zerschlagen, halten?"

„Stimmt!", antwortete ich und zog mir ebenfalls meine Schuhe an.

Etwa zehn Meter vom Wasser entfernt war eine, an manchen Stellen vielleicht fünfzig Zentimeter hohe, Kante. Wie von einem Riesen mit einem Rundholz in die Feuersteine eingedellt.
An manchen Stellen war diese Delle auch nur sehr undeutlich zu erkennen, um dann wenige Meter weiter, wie eben beschrieben, als deutlich sichtbare Kante oder

Schwelle wieder zu erscheinen.

Maike legte ihren Rucksack auf die Feuersteine, setzte sich auf die Kante und begann, die vielen tausend und weitaus mehr, ich behaupte, möglicherweise Millionen grauen Steine jeglicher Größe zu betrachten.
Dann, nachdem sie, so wollte es scheinen, alle Steine in ihrer Umgebung begrüßt hatte, nahm sie einen Feuerstein, eine hellgrauen mit einer an mehreren Stellen mehrere Millimeter dicken und sehr harten weißen Schale, in die Hand betrachtete diesen Stein und begann, ihn zu drehen und zu wenden.
Plötzlich hielt sie inne, sah auf den Stein und sagte;
„Sieh 'mal, ein Hühnergott! Ich habe noch nie einen Hühnergott gefunden!"
„Zeig 'mal!"
Maike reichte mir den Stein und jetzt erkannte ich das Loch, welches sich im oberen Teil des Steines (wenn man ihn so hielt, das das oben war) befand. Ich konnte meinen kleinen Finger hineinstecken.
„Den nehme ich mit!, sagte Maike und öffnete ihren Rucksack und legte den Stein hinein.

Ich setzte mich einige Meter von Maike entfernt auch auf den Rand der Delle und begann, die Steine ebenfalls zu drehen. Und zu wenden. Und dann umzuschichten.
Zunächst wollte ich einige Steine so beiseite räumen, das ich den Strandsand darunter fand. Ich nahm zumindest an, unter den Feuersteinen würde Sand sein. Eine Grube wollte ich bauen.

Etwa aus einem halben Meter Tiefe, so nahm ich an, musste ich die Steine zur Seite packen. Zwei und ein halbes Glied eines Gliedermaßstabes (früher sagten wir dazu Zollstock, obwohl damit nicht das Zoll gemessen wurde) sind ein halber Meter.
Als ich etwa einen halben Meter Feuersteine weggeräumt hatte, mir dabei die Steine betrachtete und enttäuscht feststellte, nur die allerwenigsten Steine waren interessant geformt oder Hühnergötter, an rote Feuersteine wagte ich nicht zu denken, stand Maike neben mir und beobachtete mich.
Ich war damit beschäftigt, die Tiefe der Grube in den Steinen genau auszumessen. Seit frühen Kindertagen hatte ich am linken Handgelenk eine Narbe. Und von dieser bis zu Spitze des Mittelfinger waren es genau 22 Zentimeter.

„Was machst du denn da?", fragte sie.

„Tiefenmessungen!"

Maike sah mich etwas ungläubig an und ich erklärte ihre die Sache mit der Narbe an meiner Hand.

„Kann recht praktisch sein!", sagte sie.

„Ja! Zum Beispiel jetzt und hier!", antwortete ich.

„Und warum misst du die Tiefe?"

„Ich will wissen, wann ich Strandsand erreiche!"

„Aha! Aber, vergiss es!"

Maike ging zu ihrer Steingrube, stellte das linke Bein hinein und ich musste feststellen, der Rand ihrer Grube befand sich ungefähr bei ihrem Knie.

„Und da ist noch lange kein Sand zu sehen!", sagte Maike.

Das überzeugte mich jedoch nicht davon, mein Loch

noch tiefer zu graben. Vielleicht war das in meiner Stelle anders, der Sand nicht so tief unter den Steinen verborgen.
Ich holte einen Stein nach dem anderen, alle gleichmäßig grau so, wie Zement, aus der Grube. Noch hatte ich die Hoffnung, einen roten Feuerstein zu finden, nicht aufgegeben.

Die aus der Grube geförderten Steine hatte ich wohl zu nahe an den Rand der Grube gelegt. Dann hatte ich zwei kleinere graue Feuersteine herausgeholt, als sich einige Steine aus der sehr steilen Wand lösten und in die Grube zurückfielen.
Einer der letzten Steine, die zurückfielen, streifte meinen Handrücken und hinterließ dort einige Kratzer auf meiner Haut.
Ich muss wohl sehr erschrocken geblickt haben, denn Maike fragte mich:

„Ist 'was?"

„Nur eine kleine Lawine. Aber wirklich nur eine kleine!", antwortete ich wahrheitsgemäß.

„Na, dann ist ja gut!"

Als ich mich wieder über die Grube beugte, sah ich etwas dunkelrot schimmern!
Ein roter Feuerstein!
Ich erkannte das sofort, denn an dem Stein war ein Stück abgebrochen. Und die Bruchstelle leuchtete mir in herrlichstem Dunkelrot entgegen. Vorsichtig legte ich die Nachbarsteine zur Seite und bat Maike, an meine Grube zu kommen.

„Dann wollen wir 'mal sehen, was du da zutage gefördert hast!"

Und dann sagte sie, nein, sie rief leise:

„Vorsicht! Da liegt noch ein kleines Stück roter Feuerstein!"

Ich lege die Nachbarsteine zur Seite und fand das kleine Stück, das Maike eben gesehen hatte.
Es war das Stück, welches von dem großen roten Feuerstein abgeplatzt war. Ich hob es auf und legte das etwa fingerkuppengroße Stück in Maikes Hand.
Dann zog ich den großen roten Feuerstein zwischen den grauen Steinen heraus und legte ihn auf den Rand der Grube.

„Der Kleine passt genau an den großen Feuerstein!", sagte Maike und hielt beide Steine aneinander.

„Ja!"
Ich stellte mich neben Maike und hob den großen Feuerstein auf, hielt ihn gegen die Sonne und drehte und wendete ihn.

„Der ist aus der Seitenwand der Grube, als vorhin einige Steine den Halt verloren. Alle Steine sind grau-blau oder grau. Nur der ist rötlich mit weißen Flecken. Da hätte ich beinahe um Zentimeter vorbei gegraben..."

„Hast du ja auch! Nur der Einsturz hat dir den Fund beschert!"

„Stimmt! Möchtest du den kleinen Stein behalten?", fragte ich.

„Ja! Gerne!"

Dann ging ich hinunter zum Wasser, um den großen Stein abzuwaschen. Zu Hause sollte ein Steinschneider daraus Scheiben sägen und schleifen.

Maike würde ein Stück Schmuck aus diesem Stein erhalten. Das sagte ich ihr allerdings nicht und meinte nur:
„Wir sollten die Gruben wieder verfüllen und weitergehen. Hier finden wir nichts mehr!"
„Woher willst du das wissen?"
„Ich bin ein wenig abergläubisch!"
„Dann sollten wir die Gruben verfüllen!"

Danach betrachteten wir zufrieden unser Werk und Maike meinte:
„Sieht wieder so aus wie vor unserer Schatzsuche!"
„Nach der nächsten Flut ist von unserer Buddelei dann wirklich nichts mehr zu sehen!"

Ich nahm den roten Feuerstein, ein Stück, dass dem Teil eines Baumstammes ähnelte, dem oben und unten etwas abgeschnitten wurde und dem man ein wenig Drehwüchsigkeit entgegen dem Uhrzeigersinn ansah, steckte ihn in meinen Rücksack, nahm Maikes Hand und sagte:
„Komm!"

Ich zog Maike hinter mir her, aber Hand in Hand über die Feuersteine zu balancieren, war beinahe unmöglich. Darum ließen wir uns nach wenigen Schritten los und ich hatte das Gefühl, nun wieder sicherer zu gehen.
Ständig sah ich auf die grauen Steine vor und neben meinen Füßen. Sicher war es so, dass ich hoffte, noch einen roten Feuerstein zu finden.
Ich bemerkte nicht, was sich außerhalb meines

Blickfeldes von zwei oder zwei und einem halben Meter ereignete. Darum war ich auch erschrocken, als Maike mich an meinem Arm fasste und leise aufforderte:
„Bleib stehen!"
Ich blickte Maike an. Die zeigte auf zwei Kegelrobben, die etwa fünfzig Meter vor uns auf den Steinen lagen und in der Sonne dösten.

Am Fell, hellbraun mit dunklen Flecken, waren sie als weibliche Tiere zu erkennen.

Wir standen und beobachteten die Robben. Mit sehr großer Wahrscheinlichkeit hatten die uns bereits ausgemacht. Weil wir nicht in deren Kreise eingedrungen waren und störten, verhielten sie sich ruhig.
„Wir sollten die beiden in großem Abstand umgehen!", sagte ich zu Maike und begann, den Strand hinauf zu gehen. Maike folgte mir.
Dabei beobachteten wir ständig die Tiere und waren bereit, bei einem Angriff sofort die Flucht zu ergreifen. Doch die beiden wollten ihr Revier nicht verteidigen. Wohl auch deswegen, weil wir uns inzwischen von ihnen entfernten.

Bald erreichten wir die Stelle, die annähernd diagonal gegenüber dem Ort war, an dem unsere Wanderung begann. Die Hälfte der Insel hatten wir demnach umrundet.
Eine Betonmauer wand sich, ähnlich einem Arm, aus der Insel und im Bogen mit einem großen Radius ins Meer.
Bei der Überfahrt hatte ich gesehen, dass ebenfalls an

der vierten Ecke der Insel eine Betonmauer war. Und so konnte ich mir vorstellen, aus einiger Höhe betrachtet, musste die kleine Insel mit den vier Betonmauern an jeder Ecke aussehen, wie ein Rochenei. Die konnte man mit einigem Glück ebenfalls am Strand finden.
Oder zumindest ähnelte die Insel einem Rochenei.

Ich half Maike dabei, auf die Mauer zu klettern, weil wir dahin gehen wollten, wo am Ende ein Damm aus großen Granitbrocken, ähnlich kleinen Felsen, weiter ins Meer ragte und die Betonmauer fortsetzte.
Naturgewalten, Sonne, Eis und Schnee, auch das Wasser, hatten auf dem Beton Spuren hinterlassen. Manchmal tiefe Löcher, manchmal Spalten in den Beton gearbeitet. In einigen Steckten Zweige und Äste. Totes Holz ohne Laub und Rinde. Kleine Steine hatten sich ebenfalls in den Ritzen verkeilt.

Wir mussten an einigen Stellen sehr darauf bedacht sein, mit den Füßen nicht in eines der Löcher oder in die Spalten zu geraten. Eine möglicherweise schmerzhafte Verletzung wäre die Folge gewesen.
So wie damals, als mir ähnliches auf der Insel Hiddensee widerfahren war. Als Junge von etwa zwölf Jahren geriet ich gegen Ende des Sommers in eine Spalte auf der Uferschutzmauer vor der „Hucke", einem markanten Ort im Norden der Insel und zur Ostsee hin.
Zunächst hatte ich einen Gipsverband und dann, ich erinnere mich, mindestens bis Weihnachten noch

andere Verbände um meinen linken Fuß gewickelt bekommen Noch Monate danach begleiteten mich Schmerzen und Unwohlsein in dem Fuß. Es wird ohnehin gemeint, eine Stauchung, auch eine Zerrung oder eine Verrenkung heilt länger aus als ein Bruch.
Davon berichtete ich Maike, als wir auf der Mauer gingen und ermahnte sie zur Vorsicht.

Wir waren jetzt wenige dutzend Meter von der Stelle entfernt, ab der die Granitbrocken ins Meer ragten.

Nun war auf der linken Seite, die Mauer ragte etwas nach Nordost in das Wasser, das Meer und auf der rechten Seite ein sehr breiter Sandstrand. Dessen Spülsaum befand sich etwa dort, wo die Betonmauer endete und die aufgeschichteten großen Granitsteine das Bauwerk weiter in das Meer führten.

Ich ließ Maike vor mir gehen, so wäre es mir möglich gewesen, ihr Hilfe zu geben, wenn sie die auch benötigte. Doch sie bewegte sich geschickt auf der Mauer, umging Löcher, Ritzen und andere Gefahrenquellen, so dass sie meine Hilfe nicht benötigte.
Eher war es so, dass ich aufpassen musste, um mich nicht zu verletzen.

Wir standen am Ende der Betonmauer und schauten auf die Granitsteine. Das Ende der Betonmauer war keine glatte und vielleicht schräge Fläche, so, wie vielleicht angenommen. Vielmehr schien es, als wären die Arbeiten plötzlich und ohne Vorwarnung beendet worden. Um dann, eventuell am nächsten Tag, weitergeführt zu werden, dazu war es dann nicht mehr gekommen.

Dieser Zeitpunkt war jedoch vor einem dreiviertel Jahrhundert und Granitblöcke hatte man aufgeschichtet.
Maike setzte sich auf den Rand der Betonfläche und sagte:

„Hier ist es schön! So sehr ruhig und harmonisch! Wirklich, richtig toll!"
Weder wollte noch konnte ich widersprechen und antwortete:

„Das solltest du sehen!! Das solltest du erleben! Den unverstellten und freien Blick auf das Meer! So, als wäre man auf einem Segler!"

Die Ruhe und Stille am Ende der Betonwand wurde begleitet vom gleichmäßigen Plätschern der flachen Wellen, die gegen die Granitblöcke schwappten und dann schmatzend und gurgelnd zwischen den Steinen ihre Energie abgeben mussten.
Von der rechten Seite der Mauer, da wo der Spülsaum genau auf die Trennlinie zwischen Betonmauer und Granitsteine traf, war in unregelmäßigen Abständen Stöhnen und Platschen zu vernehmen. Hier hatten sich, genau wie an der gegenüberliegenden Seite der Insel, Kegelrobben auf den Strand gelegt und dösten in der Sonne.
Immer dann, wenn irgendeines der Tiere an der bestehenden Liegeordnung etwas störte, begann eine Rangelei zwischen benachbart liegenden Robben. Die

endete damit, dass der Verlierer in das Wasser flüchtete und sich am Rand der versammelten Meeresbewohner einen neuen Liegeplatz suchte.
Maike beobachtete das Spiel der Kegelrobben mit Interesse und sehr genau.

„Die haben auch die Angst vor den Menschen verloren?", fragte sie.

„Mag sein. Außerdem haben sie keine natürlichen Feinde. Orcas und Eisbären gibt es hier nicht! Und zudem stehen sie unter Naturschutz. Die Robbenjagd ist lange abgeschafft. Trotzdem sollten man ihnen eine gewisse Distanz uns gegenüber zugestehen..."

„Wenn nicht... das haben wir vorhin erlebt!"

Dann saßen wir auf der Betonkante und blickten auf die Reliquien der Stürme:
Schwemmholz, auch lange und kurze Balken und Bretter, ein kahler Weihnachtsbaum, den die Besatzung irgendeines Schiffes nach dem Fest über Bord geworfen hatte, Äste und Zweige, oft ohne Rinde, Seetang, manchmal noch grün, oft aber vertrocknet, deshalb braun.
Und dazu Plastikmüll! Jede Menge und Größe und Form und Farbe!

„Abfälle der Zivilisation!", sagte Maike und deutete auf einen gelben Kasten, in dem sich zwei Flaschen verkeilt hatten, „Dafür gibt es noch Pfand!"

„Und das schwimmt viele Jahrzehnte, einige Leute meinen, bis zu fünfhundert Jahre, im Meer!

„Nehmen wir mal an", sagte Maike, „Kolumbus hätte Plastikmüll in das Meer geworfen, wäre der jetzt zersetzt. Allerdings nur physisch verschwunden, die Bestandteile würden weiterhin im Meer existieren!"

„Du meinst, irgendwelche Säuren und Phenole und so etwas?", fragte ich, „Und habe bitte Nachsicht, ich bin kein Chemiker!", fragte ich.

„Ja, so meine ich das!"

Plötzlich sah Maike mich verwundert und im anderen Moment erschrocken an und sagte dann:

„Was ist während dieser fünfhundert Jahre geschehen! Und diese gelbe Kiste, da, vor uns, wurde innerhalb einer sehr kurzen Frist produziert!"

„Ja! Und das, was wir zwischen den Steinen dort unten sehen, abgesehen von dem Seetang, ist nicht alles während des letzten Sturmes hier angekommen. Der war nämlich im März! Das ist bereits vor einigen Wochen gewesen! Nein, von dem Unrat ist vieles durch Strömungen mit geschwemmt worden und der Sturm hat das dann hochgehoben und abgelegt!", sagte ich zu Maike.

Die antwortete darauf nicht und stand statt dessen auf und beobachtete die Kegelrobben. Dann sagte sie:

„Die Robben sind doch ebenfalls ein Teil der Nahrungskette..."

„Die sind Endverbraucher. Fressen Fisch. Etwas größere Fische. Makrelen, zum Beispiel. Und die Makrelen fressen kleinere Fische, junge Heringe oder Sandaale und auch Plankton. Und auf jedem kleinen Planktonteilchen befindet sich ein mikroskopisch kleines Teilchen einer aufgelösten Plastiktüte oder das solch einer Kiste... Zugegeben, etwas naiv erklärt!", antwortete ich.

„Und wenn die Robben die Makrelen nicht fressen, fangen die Fischer sie und sind später bei dir oder bei mir in der Pfanne und dann auf einem unserer Teller! Und der gesamte aufgelöste Plastikkram ebenfalls!"

„Ja! Oder, um es anders zu sagen, wir könnten uns auch geschreddertes Plastik panieren oder panieren lassen!"

„So ungefähr!"

Wir blickten zu den Kegelrobben, die weiterhin um die besten Plätze am Strand rangelten.

„Wenn wir 'mal an das Meer fahren, vielleicht und wenn du es möchtest, im Sommer, im Juli oder August, dann werden wir an einen Sandstrand gehen. Und uns am Spülsaum ein Stück markieren. Etwa einen Quadratmeter. Da suchen wir dann alles das 'raus, was dort nicht hingehört! Korken, Zigarettenkippen, Angelschnüre, Stücke von Styropor... Na, und so weiter!", sagte ich.

„Du willst also mit mir wieder ans Meer fahren?", Maike blickte mich an und ihr grünes Auge leuchtete wieder wie ein Malachit und das blaue Auge funkelte wie ein Aquamarin. Den Kopf hatte sie leicht nach links geneigt.

„Ja!", sagte ich und nichts weiter.

„Danke!"

Ich nahm Maikes Hand und zog sie zu mir, während ich einen Schritt oder zwei auf Maike zuging. Als wir sehr nahe beieinander standen, nahm Maike meine andere Hand und legte ihren Kopf auf meine Schulter.

Ich weiß nicht, wie lange wir so beieinander gestanden haben, an den Händen angefasst und Maikes Kopf auf meine Schulter gelegt. Einige Minuten waren es sicher. Da bin ich mir heute, wenn ich mich daran erinnere, sehr sicher. Plötzlich sagte Maike:
„Komm! Lass uns gehen!"
Sie trat einen Schritt zurück und hob ihren Rucksack auf.

Ich war verwundert darüber, dass sie es nun sehr eilig hatte, von der Mauer zu gehen.
Maike sagte nichts, nahm ihren Rucksack und sah mich mit einem worauf-wartest-du-noch-Blick an.
Ich sagte ebenfalls nichts und so gingen wir schweigend auf der Betonmauer zurück. So weit, bis wir eine Stelle fanden, an der wir gefahrlos auf den Strand klettern konnten.

„Ich hatte eben eine blöde Erinnerung! Das hat nichts mit dir und mir zu tun!"
„Ja! Schon gut!", erwiderte ich und wusste, ich würde nicht nach dem Grund für die vorhin erlebte Situation fragen. Eine Antwort würde ich nicht erhalten. Dessen war ich mir sicher.
Und deshalb sagte ich auch nur:
„Ist schon gut! Alles ist in Ordnung!"

Dann gingen wir in ausreichendem Abstand an den Kegelrobben vorbei zu dem Leuchtturm, der genau dort stand, wo der Strand die Düne berührte.

4

Wir konnten dieses Gebilde aus Holz nicht sehen, als wir zu dem rot-weiß angestrichenen Leuchtturm gingen. Die Blickrichtung war anders...
Als wir auf der Seite, von der wir gekommen waren, vor dem Turm standen, legte Maike ihren Rucksack in den Sand und darauf ihren Anorak und begann, um den Leuchtturm zu gehen.
Nach wenigen Augenblicken rief sie mir zu:
„Hey, komm 'mal her!"
Ich legte meine Rucksack ebenfalls ab, direkt neben Maikes und ging die wenigen Schritte zu ihr. Maike saß auf einem Stapel Holz und strahlte mich an. Wieder leuchteten ihre Augen so, wie ich es bereits einige Male erlebt hatte: malachitgrün und aquamarinblau.
„Was ist denn das?", fragte ich und setzte mich neben Maike.

Irgendjemand hatte, vielleicht mit jemandes Hilfe, an den Strand geschwemmtes Holz so aufgeschichtet, dass ein etwa halb meterhoher Stapel entstanden war und hatte dann, als Abschluss und zum darauf sitzen, eine Holzpalette, auch am Strand gefunden, darauf gelegt.
Bevor derjenige oder diejenige, kurz: der Erbauer, den Stapel Schwemmholz aufschichtete, hatte er eine Holzpalette an den Leuchtturm gestellt.
Jedenfalls saß Maike auf dem Stapel Holz und strahlte mich an und strahlte noch immer, als ich bereits neben ihr Platz genommen hatte.
Zuvor holte ich unsere Rucksäcke und Maikes Anorak

und legte unser leichtes Gepäck neben den Stapel ab.

„Du bist so weit weg!", sagte Maike nach einigen Augenblicken.

„Dann ändern wir das!", ich rückte vorsichtig ein Stück zu Maike und meinte:

„Jetzt musst du ein Stück zu mir rücken! Wir sollten den Stapel nicht schräg belasten!"
Als wir nun so nebeneinander saßen, meinte Maike, nachdem sie meine Hand genommen hatte:

„Wieder ein Platz auf der Insel, an dem man unendlich lange bleiben könnte!"

„Stimmt!", bestätigte ich und schloss meine Augen und lehnte mich zurück an die stählerne Wand des rot und weiß angestrichenen Leuchtturms.

Ich weiß es heute, während ich diesen Bericht aufschreibe, ebenfalls nicht, wie lange wir an diesem Nachmittag auf dem Holzstapel und an den Leuchtturm gelehnt, unsere Zeit verbrachten. Ich weiß nur, zwischenzeitlich war ich eingeschlafen.
Und Maike wohl auch. Irgendwann sagte sie zu mir:

„Ich habe Hunger!"

Maike sah mich mit bittenden Augen an. Und im selben Augenblick regte sich in mir ebenfalls ein Verlangen nach Essen. Das Verlangen danach, jetzt oder wenig später gut zu essen. Also antwortete ich:

„Ich auch!"

„Hat Frau Wirtin in der Pension...?"

„Ja! Sie hat!", erinnerte ich mich, „Sie sagte, am Flugplatz, ist ein Imbiss und irgendwo hier zwischen

Leuchtturm und Anleger soll eine Gaststätte sein!"

„Worauf warten wir?", fragte Maike und stand auf.

„Nicht darauf, dass wir bis zum Flugplatz gehen! Hier sind am Nachmittag viele Flugzeuge gelandet! Wer weiß, ob wir da noch etwas aus der Küche bekommen!"

„Gut! Suchen wir die Lokalität hier in der Nähe!", antwortete ich.

Wir fanden die Gaststätte, versteckt zwischen den Dünen, erst dann, als uns ein Strandwanderer den Weg zeigte.

„Aber, ob da jetzt geöffnet ist...", sagte der Mann dann, als wir uns für die Auskunft bedankt hatten und bereits weiter gingen.

„Und dann?", fragte Maike.

„Erst mal sehen...!"

„Dann nage ich dich an!", legte Maike fest.

„Ich bin zäh!", versuchte ich Maike von ihrem Vorhaben abzubringen.

„Aber lecker!"

„Wenn du meinst!", sagte ich, „Aber wehrlos ergebe ich mich nicht!"

„Wir werden es erleben!"

Als wir die Gaststätte erreicht hatten, saßen einige Leute an den Tischen.

„Also, da ist zumindest geöffnet!", meinte Maike.
Doch als wir näher gekommen waren, sahen wir, die Leute nutzten die Tische und Stühle nur, um unter den Sonnenschirmen zu rasten.

„Hier ist seit um vier zu und ab um halb acht am

Abend wieder geöffnet!", sagte eine ältere Frau.
Maike sah mich an und mir schien, als überlegte sie, was von mir sie zuerst verspeisen wollte und ich erinnerte mich, meine Großmutter meinte in ähnlichen Situationen, Hunger wäre schlimmer als Heimweh...
Dann sagte sie sehr ernst zu mir:

„Du weißt, was das bedeutet!"
„Ja!"

Maike zog mich weiter und meinte:

„Komm! Das muss nicht jeder sehen! Und teilen will ich nicht! Mit niemandem!"

Dann zog sie mich immer weiter weg von der Terrasse und der Gaststätte und den fremden Menschen. Als Maike sicher war, uns beobachtete niemand, ließ sie ihren Rucksack in den Sand fallen, legte ihre Arme um mich und flüsterte:

„Mit Haut und Haaren fresse ich dich auf!"
„Hier und jetzt?"
„Auf der Stelle! Und sofort und unverzüglich!"

Jetzt dachte ich daran, was im „Gewitterregen" besungen wurde und sah eine Möwe auf dem Rand der Düne sitzen, die heute Abend ihren anderen Möwen sehr viel zu berichten hatte. Auch die Geschichte von der liebeshungrigen Maike...
Und Maike flüsterte mir leise, sehr leise in mein Ohr:

„Was meinst du, was ich vermisst habe und was ich nachholen muss!"
„Immer noch besser, als gefressen zu werden!"

Später, als wir zum Anleger kamen und sahen,

wie das Tau, mit dem das Boot am Dalben befestigt war, an Bord genommen wurde, rief Maike laut:

„Wir wollen noch mit!"

„Dann beeilt euch!", antwortete der Bootsführer.

Wir liefen sehr schnell und während wir auf das Boot sprangen, vergrößerte sich dessen Abstand zur Pier langsam, sehr langsam, aber allmählich. Die Passagiere auf dem Deck rückten etwas zusammen und so hatten Maike und ich genügend Platz, um zu springen und sicher an Bord zu landen. Begleitet von Beifallsbekundungen der Leute.

Danach sah Maike mich dankbar dafür an, dass wir jetzt auf diesem Boot waren und nicht erst in einer halben Stunde übersetzten. Was bedeutete, unser Abendessen war ebenfalls eine halbe Stunde eher. Zumindest, wenn man vorausschauend den weiteren Ablauf des Tages überlegte…

Ich bemerkte, während wir am Leuchtturm gesessen und in den Dünen waren, hatte der Wind aufgefrischt. Nun wehte er so kräftig, dass sich auf dem Wasser Wellen gebildet hatten. Einige von denen waren mit kleinen Schaumkronen bedeckt.

Das veranlasste den Bootsführer, allen Passagieren den Aufenthalt auf dem Vorschiff und achtern zu untersagen.

So drängten wir uns gemeinsam mit anderen Leuten in der mit großen Plastikscheiben überdachten Kabine.

Schnell hatte das Boot den von zwei Molen, die wie Finger in das Meer ragten, geschützten Hafen und den

Anleger verlassen und wurde von den Wellen in Empfang genommen.

Der Bootsführer wählte den Kurs so, dass die Wellen das Boot möglichst wenig aufschaukelten.

Weil der Wind nicht genau aus Nordwest wehte, bestand vor beiden Inseln eine etwas ruhigere Zone. Das bedeutete, die Meerenge war in drei Gebiete eingeteilt: zwei ruhige Zonen jeweils unter Land und eine mit den hohen Wellen dazwischen.

Ich konnte die Manöver des Bootes während der Überfahrt nicht oder nur wenig beobachten. Eine sehr große und sehr stattliche Frau hatte sich so vor die Scheibe gestellt, dass jegliche Aussicht verwehrt war. So konnte ich nur ungefähr durch die Scheibe auf der anderen Seite der Kabine erkennen, wie das Boot gesteuert wurde. Allerdings auch nur mit Einschränkungen, denn die Sicht wurde von anderen Passagieren ebenfalls und teilweise verdeckt.

Dennoch bemerkte ich, als das Boot von der ruhigen Zone unter der kleinen Insel in die von Wellen bewegte Zone in der Meerenge kam. Und dann, nach einiger Zeit wieder in die ruhigere Zone unter der großen Insel.

Maike hatte während der Überfahrt beide Hände um meinen linken Oberarm gelegt und fand so den erforderlichen Halt. Allerdings währte die Fahrt nicht so lange, dass sie mir blaue Flecken auf den Arm drücken konnte. Und außerdem: Als das Boot wieder in ruhiges Wasser kam, lockerte Maike ihren Griff.

Nach der Einfahrt in den Hafen auf der großen Insel

fuhr das Boot durch beinahe spiegelglattes Wasser.
Wir befanden uns auf der Leeseite der Insel.

Nach dem Anlegen und als wir ausgeschifft waren, sagte Maike:

„Und jetzt was zu essen! Ich kann dich nicht verschlingen! Mit wem soll ich das Versäumte nachholen?"

„Stimmt! Meinst du, es würde sich kein anderer finden?"

„Ich will dich!"

Ich nahm Maike in den Arm und wir gingen die wenigen Schritte zur Pension.

5

„Wir bleiben doch nicht lange, gehen gleich los?, fragte Maike.

Sie wollte, so schnell wie es irgendwie möglich war, diesen Eindruck hatte ich, etwas gegen ihren Hunger unternehmen.

„Nein!", sagte ich, „Du bekommst schnellstens etwas zu essen!"

Und ich nahm mir vor, um Wiederholungen dieser Hungeranfälle, anders kann man das nicht bezeichnen, auszuschließen, werde ich in der Zukunft immer eine Packung Kekse mitnehmen!
Solches Elend ist nur sehr schwer zu ertragen!

Deshalb stellten wir die Rucksäcke in das

Zimmer, ich legte meinen Pullover dazu und nach wenigen Augenblicken befanden wir uns wieder auf der Terrasse der Pension.
Ich nahm Maike an die Hand und zog sie hinter mir her. Als wir vorhin vom Hafen kamen, hatte ich in einer der Querstraßen ein Schild gesehen, dass auf eine Gaststätte aufmerksam machte. Dorthin wollte ich mit Maike. Ich hatte die Erfahrung gemacht, die besten Restaurants liegen immer etwas abseits. Neben den Touristen- und Besucherpisten.

Der Fisch war gut und der Weißwein kühl und besser als irgendwo anders.

„Der Bruder unseres Kochs besitzt ein Weingut in Franken!", erklärte uns der Wirt der kleinen Gaststätte auf unsere Nachfrage.

„Aha!"

Später sagte Maike, ich hätte mich nicht getäuscht, als ich Betrachtungen über die Vorzüge der Gaststätten in der zweiten Reihe darlegte.

„Ja nun!", was sollte ich auch weiter dazu sagen?
Und ergänzte dann:

„Irgendjemand meinte irgendwann, mit mir wäre die Suche nach einer guten Gaststätte etwa so, als würde ein Fährten- oder Spürhund die Nase in den Wind halten, um Witterung aufzunehmen.

„Das möchte ich noch oft mit dir erleben!"

„Wenn du willst!"

Jetzt, als wir zur Pension gingen, hatte Maike wieder meine Hand genommen. Und ich meinte, sie hielt mich besonders fest.

Wir setzten uns vor der Pension auf die Bank, auf der ich auf Maike gewartet hatte. Und auf der wir gemeinsam Fischbrötchen gegessen hatten. Beides war erst gestern.

Maike ließ meine Hand nicht los, So, als hätte sie Angst, mich zu verlieren. Und jetzt, als wir auf der Bank saßen, hielt sie meine rechte Hand mit ihren beiden Händen fest umschlossen.

Am Osthimmel war die nautische der astronomischen Dämmerung gewichen. Sterne blinkten.
Weil sich die Insel in weiter Entfernung vom Festland befand, störten keine Lichter einer Stadt die Sicht auf die Sterne. Auch die Wärmestrahlung der Erde störte nicht: Alles war ohne die in Städten gewohnten Verzerrungen und das bekannte Flimmern zu sehen.

Von See her waren die Positionslaternen weit draußen und manchmal unter dem Horizont fahrender Schiffe auszumachen.

Ein schmaler helloranger Streifen begann über dem östlichen Horizont sichtbar zu werden.
Nach kurzer Zeit, während der Streifen sich über Teile des östlichen Himmels ausbreitete und Maike und ich dieses Naturschauspiel schweigend beobachteten, stieg der dunkelrot leuchtende Mond empor. Man wollte meinen, aus dem Meer. Wie gestern und wieder so, wie ein Wasserwesen.

„Ist das schön!", sagte Maike leise, beinahe flüsterte sie die Worte.

„So habe ich das auch noch nicht gesehen!", antwortete ich ebenfalls sehr leise.

Bald war der Mond vollständig zu sehen. Und jeden Augenblick stieg er ein Stück höher und wurde etwas kleiner. Maike blickte noch immer gebannt und fasziniert und meinte dann:

„Einen Mondaufgang auf einer Insel weit draußen im Meer zu beobachten, das werde ich lange in meiner Erinnerung bewahren!"

Aus dem rot-orange leuchtenden Mond, der uns vor einer Weile am Osthimmel begrüßte, war ein in hellem weiß strahlender Begleiter durch die Nacht geworden. Der stand nun hoch über uns am Himmel.

Ich hatte, während der Mond aufstieg, auf das Meer geschaut und nicht bemerkt, dass Maike ihren Kopf an meine Schulter gelehnt hatte. Jetzt war sie eingeschlafen. Sie hielt noch immer meine rechte Hand fest ihn ihren beiden Händen.
Allerdings waren jetzt an meiner Schulter leise, sehr leise Schlafgeräusche zu hören. Ich wusste nicht, was nun zu tun war. Einerseits wollte ich noch einige Zeit, vielleicht eine Viertelstunde, so mit Maike auf der Bank sitzen und die Mondnacht erleben. Andererseits kroch vom Meer sehr langsam Kälte an Land, die begann, auch Maike und mich zu umhüllen.

Wieder musste ich an meine Großmutter

denken, die bei solchen und ähnlichen Gelegenheiten stets davor warnte, die Malzmühle zu unterschätzen. Schließlich wäre noch Frühling und noch nicht Sommer! Nicht 'mal Frühsommer war's!

Das schien Maike nicht zu stören! Mit ihrem Kopf an meine Schulter gelehnt, schlief sie regungslos und friedlich.
Als zwei Nachtwanderer, im Gespräch vertieft, sich der Bank näherten, bedeutete ich ihnen, sehr leise zu sein und deutete auf Maike.
Die beiden, ein Mann und eine Frau, verstanden meine Zeichen, schlichen lautlos an mir und der schlafenden Maike vorbei und setzten ihr Gespräch erst in einiger Entfernung fort.

Maike kuschelte sich noch weiter an mich, räusperte sich und dann fragte sie:
„Habe ich geschlafen?"
„Tief und fest. Und nur das Meer und die beiden Leute dort", ich deutete zu den Nachtwanderern, „haben dich beobachtet! Und ich."
„Das ist mir vor vielen Jahren das letzte Mal passiert!"
„Dir geht es anscheinend gut auf der Insel!", antwortete ich.
„Und bei dir! Und mit dir!"
„Nun ja!", mehr konnte ich nicht dazu sagen.

Während ich mit Maike auf der Bank gesessen hatte, sie schlafend an meiner Seite, dachte ich an die Reise nach La Gomera.
Damals, als in Südeuropa die große Krise monatelang

die Länder nicht zur Ruhe kommen ließ. Und zudem Flüchtlingsströme aus Afrika und Vorderasien hunderttausende Menschen nach Europa brachten...
Ich dachte an Louise, die mich auf diese geheimnisvolle Insel im Atlantik begleitet hatte und dann wenige Monate, nicht ein Jahr, später, auf tragische und furchtbare Weise uns und mich verlassen musste.
Die Untersuchung ergab, es war ein Unfall. Sie hatte keine Chance, ihrem Schicksal zu entkommen. Mein einziger Trost war der, dass mir ein Arzt erklärte, sie hätte nicht gelitten und eigentlich von all' dem, was sie von uns gehen ließ, nichts erlebt:
„Der Schockzustand... Sie verstehen?", waren die letzten Worte des Mediziners.

Seitdem ist Zeit vergangen, viel Zeit. Seit der Reise mit Professor Zabert und den anderen Kollegen auf die Kanarischen Inseln.
Und auch, dass Louise dann später von Freund Hein mitgenommen wurde. Ich habe über alles geschrieben, um nicht zu vergessen.

Doch hierher, in meine gegenwärtige Welt und zu Maike, gehört es nicht. Wohl aber zu meinem Leben. Es wird von mir in meiner Erinnerung behütet und aufbewahrt.

Maike hatte sich nun noch enger an mich heran gesetzt und sagte:
„Mir ist kalt und ich bin müde. Ich will bei dir liegen!"

„Dann komm!", sagte ich und nahm Maikes Hand und zog sie von der Bank hoch.

Später bemerkte ich, Maike war kalt. Ihr gesamter Körper war kalt. Die Hände, ihre Beine... der Rücken - alles war kalt Warum müssen Frauen nur so erbärmlich frieren?
Ich hatte gelesen, Frauen sind die schlechteren „Futterverwerter". Sie können aus der Nahrung weniger Energie herausfiltern. Soll wohl so sein.
Jedenfalls war Maike kalt. Eiskalt.
Sie lag neben mir, dicke Wollsocken an den Füßen was ja durchaus erotisch sein kann, ihr Nachthemd angezogen und zusätzlich noch meinen roten Pullover.

Und lag sehr dicht an mich heran gekuschelt. Und, wie Frauen das so tun, wenn sie beim Mann liegen: ein Bein war auf mich gelegt.
So schliefen wir ein. Und nur der Mond sah zu.

Der dritte Tag

1

Maike und ich wollten an diesem Tag nach dem Segeltörn über die Insel wandern und dabei vielleicht etwas erkunden und entdecken.
Nach der Fahrt mit dem Gaffelschoner zum Meerwasser-Aquarium gehen und dann über verschlungene Wege und eine Treppe auf das Hochland der Insel.
Dort wollten wir uns überlegen, wie lange wir noch auf der Insel bleiben könnten, ehe man uns vermisst. Egal, von wem und wo das sein konnte.

Wir meinten, spätestens noch einen oder zwei Tage, hätte man uns beherbergt dann hätte die waserstoffperoxidblonde Frau an der Rezeption uns darauf aufmerksam gemacht, dass andere Gäste auch 'mal in der Pension wohnen wollten. Meinten wir so nebenbei.
Und in der Tat! Die Frau von der Rezeption erwartete uns dann und meinte:

„Denken Sie bei Ihren Überlegungen daran, das Pfingsten steht vor der Tür! Mir ist es egal, persönlich. Verstehen Sie? Meinetwegen könnten Sie auch bis Weihnachten hier bleiben. Aber die anderen Gäste!", hörte ich sie sagen und mich dabei streng anblicken.

„Ja, wenn das so ist, das das Pfingsten vor der Tür

steht", sagte Maike, „dann sollten wir Obacht geben! Um es nicht zu treten!"

Doch die Frau am Empfang musste nicht weiter mahnen. Unser Besuch auf der Insel endete an diesem Tag. Sehr plötzlich und für uns unvorbereitet.
Maikes Handy klingelte, als der Tag begann, die Nacht zu verdrängen und es war wenige Minuten vor halb sechs.
Ich frage mich noch heute, warum sie das Gerät nicht stumm geschaltet hatte.
Erwartete sie diesen Anruf?
Auch auf diese Frage, da bin ich mir sicher, werde ich keine Antwort erhalten.

Maike hatte das Klingeln nicht sofort gehört. Ich weckte sie. Sie nahm das Handy, stand auf, ging in ihr Zimmer und betätigte erst hier die Empfangstaste. Vorher blickte sie mich an und sagte leise:
   „Schlaf weiter!"

Ich hörte, Maike schloss die Tür zwischen unseren Zimmern.
Während ich einschlief, blickte ich zum Fenster und sah am Osthimmel einen hellen Streifen. Der den neuen Tag ankündigte.
Darüber, was Maike und mit wem Maike telefonierte, machte ich mir keine Gedanken.
Ich meine, wenn jemand einen Anruf erhält, dann ist das dessen Anruf. Und wenn derjenige meint, er müsse allein, ohne Zeugen, telefonieren, dann ist das zu respektieren und zu akzeptieren.

Auch dann, wenn Besucher in meiner Wohnung angerufen werden, lasse ich sie allein im Raum. Es sei denn, mir wird bedeutet, nicht weg zu gehen.

Wann Maike wieder zu mir unter die Bettdecke kam, habe ich nicht bemerkt.
Ebenso bemerkte ich nicht, dass sie irgendwann aufgestanden war, im Bad ihres Zimmers duschte, sich ankleidete und ihre Sachen einpackte:
„Du hast so tief und fest geschlafen, ich wollte dich nicht wecken!"

Jetzt saß Maike auf der Kante meines Bettes, hatte mich wach gestreichelt und ich roch den himmlisch guten Duft einer frisch geduschten Frau. Maike sah mich an und ich vermisste in ihren Augen das Leuchten, was ich bereits einige Male gesehen hatte.
Ich richtete mich auf und wollte Maike zu mir ziehen. Aber sie wehrte das ab:
„Komm! Wir wollen frühstücken gehen!"
„Wie spät ist es?", fragte ich.
„Wenige Minuten nach halb acht."
„Na gut. Dann gehen wir zum Frühstück und ich vorher noch in das Bad!"
„In Ordnung!"

Ich ahnte und wusste, dieser Anruf am frühen Morgen, beinahe noch in der Nacht, hatte für Maike Veränderungen gebracht. Nur wusste ich nicht, welche das waren.

Höflichkeit untersagte es mir, danach zu fragen. Statt dessen hoffte ich, sie würde mir darüber berichten. Und wenn nicht, dann hatte sie dafür ihre Gründe, die zu akzeptieren waren.

Von dieser Meinung und Einstellung bin ich sehr überzeugt und lebe sie. Auch so wird die Privatsphäre eines anderen Menschen geachtet und geschützt.

„Schon so früh?", fragte uns die Frau im Frühstücksraum, „Soll ich den Tisch auf der Terrasse...?"

„Ja! Gerne!", fiel ihr Maike ins Wort.

Nachdem Maike sich Tee eingegossen und das Brötchen aufgeschnitten hatte, erklärte sie mir:

„Um elf werde ich abgeholt. Um halb zehn fahren wir mit dem Boot zur kleinen Insel!"

„Wie wirst du abgeholt?"

„Mit 'ner Cessna. Vom Flugplatz."

Ich blickte Maike an, die offenbar meinte, mir die selbstverständlichste Sache der Welt erklärt zu haben. Dann sagte ich:

„Gut! Wir setzen um halb zehn mit dem Boot über!"

Auch jetzt fragte ich sie nicht nach dem Anruf und dem Grund für ihre plötzliche Abreise. Allerdings, so vermutete ich, beides stand im Zusammenhang.

Die See war spiegelglatt und das Boot schipperte direkt auf den Anleger der kleinen Insel zu. Nach wenigen Minuten war ich Maike, so wie gestern, beim Aussteigen behilflich.

Als wir auf der Pier standen, erfasste Maike meine beiden Hände und sah mich an. Und ich bemerkte, das Leuchten in ihren Augen fehlte noch immer, als sie mir sagte:

„Du sollst wissen, ich wäre noch sehr, sehr gern mit dir einige Tage hier geblieben!"
Dann nahm sie ihren Rucksack und ging zu dem Weg, der über die Insel und zum Flugplatz führte.

„Ich sollte, wir sollten, hier abgeholt werden. Lange warten können wir hier nicht! Also gehen wir!", legte Maike fest.

Und erneut meinte ich, Maike, so wie ich sie an diesem Morgen erlebte, ist nicht diejenige, mit der ich an den vergangenen Tagen zusammen auf der Insel war.
Wie war sie wirklich? Noch wusste ich es nicht. Und ob ich es jemals erfahren würde? Wer weiß!
Maike war ein Stück des mit Betonplatten belegten Weges voraus gegangen, wendete sich nun zu mir um und sagte:

„Nun komm! Oder ist 'was?"

„Nee, alles in Ordnung Ich habe nur gesehen, ob das tatsächlich Salzmiere ist, die hier wächst! Wenn, dann wäre es ungewöhnlich!"

„Warum?"

„Weil Salzmiere salziges Wasser zum wachsen benötigt!"

„Vielleicht kommt hier jemand mehr oder weniger regelmäßig gießen?", antwortete Maike.

„Vielleicht ist für die Pflanze die salzhaltige Luft in

Verbindung mit Regenwasser ausreichend. Jede Pflanze ist ein Individuum! So, wie jeder Mensch und jedes Tier!"

„Bitte, komm' jetzt!", Maike nahm meine Hand und zog mich hinter sich her.

„Hier, auf diesem Hügel waren wir gestern nicht!", stellte Maike fest, als wir an einer kleinen Anhöhe, vielleicht zehn Meter hoch, vorbei gingen.

„Die ist von einem Naturhüter, den Namen habe ich vergessen, aufgeschüttet worden. Gestern hattest du, wir wissen es, Hunger. Und ich wurde benagt, beinahe aufgefressen.", sagte ich.

„Stimmt!" Und weshalb hat der Mann den Hügel aufgeschüttet?"

„Wohl als Aussichtsmöglichkeit."

„Aber jetzt gehen wir da nicht hinauf! Erstens haben wir dazu keine Zeit und zweitens wollen wir wiederkommen! Dann wohnen wir in einem dieser Bungalows!", Maike sah mich an und ich bemerkte, jetzt leuchteten ihre Augen. Grün das eine und blau das andere.

„Du willst mit mir noch 'mal herkommen?"

„Ja sicher! Warte es nur ab! Übrigens, ich würde mit dir um die Welt segeln! Oder bis an deren Ende und zurück. Und das immer wieder!"

Ich blieb stehen und sah Maike an, als ich sagte:

„So deutlich hat mir selten, sehr selten, jemand seine Sympathie und Zuneigung offenbart!"

„Dann war eben die Zeit dafür!"

Wieder sah ich Maike an, als ich sie fragte:

„Warum fährst du plötzlich weg?"

„Das ist eine lange, eine sehr lange Geschichte. Aber glaube mir, bitte, es sind keine unredlichen oder verbotenen Sachen im Spiel! Und nun komm!", wieder zog mich Maike hinter sich her, nachdem sie meine Hand genommen hatte.

Dann kam uns ein kleines elektrisch angetriebenes Fahrzeug entgegen. Es ähnelte denen, wie sie auf Golfplätzen oder in großen Parks verwendet werden.

Das Fahrzeug hielt vor uns und ein junger Mann sagte:

„Ich soll Sie abholen!"

„Eigentlich vom Anleger!", entgegnete Maike.

„Ja, aber..."

„Kein aber! Denken Sie daran, die Pünktlichkeit ist die Höflichkeit der Könige!"

Der junge Mann entgegnete:

„Kann sein. Aber wenn mir nicht Bescheid gesagt wird? Dann bin ich trotzdem König! Ein junger König!"

Maike antwortete darauf nicht. Sie wollte die Sache wohl auf sich beruhen lassen. Jedenfalls vermutete ich das.

Wir stiegen in das Gefährt und der junge Mann wendete das Fahrzeug geschickt auf dem Betonstreifen, in dem er drei oder vier Mal vor- und dann wieder zurückfuhr.

Plötzlich zerschnitt ein Pfeifen und Rauschen die Stille um uns und auf der kleinen Insel.

Ich hatte dieses Geräusch soeben wahrgenommen, als seitlich von uns ein einmotoriges Flugzeug der Landebahn entgegen schwebte. Die Maschine flog bereits so niedrig, dass jedes Detail zu erkennen war. Vielleicht hätte ich, aufrecht stehend, die Reifen berühren können?

So, als hätte Maike meine Gedanken erraten, sagte sie:
„Der ist noch mindestens 25 oder sogar noch mehr Meter hoch. Muss dann aber recht steil landen!"
„Sicher?", fragte ich.
„Ziemlich sicher!", antwortete Maike.
Und der junge Mann meinte:
„Der übt noch. Wer auf der Insel starten und landen will, muss sich dafür qualifizieren. Dann bekommt er, manchmal auch sie, die Berechtigung dafür. Außer, wenn Notfälle sind. Dann ist diese Regelung nicht bindend. Ist wohl wegen dem Wind..."
Maike sah mich an, sagte nichts und ich dachte, es ist zwar nicht egal, aber gleichgültig sollte man darüber schweigen und sich mit dem Wissen zufrieden geben, es ist wegen des Windes, dass man eine Berechtigung benötigte.
Man muss nicht immer was sagen, man kann auch 'mal schweigen!

Dann bemerkte ich, dass Maike meine Hand

suchte und schließlich sehr fest umschlossen hielt.

Ich spürte, Maike war mir in dem Moment, als sie meine Hand nahm, sehr nahe und wünschte mir, dieser Augenblick würde nie vergehen.

Wenige Minuten erreichten wir das Flugplatzgebäude. Der mit Betonplatten belegte Fahrweg endete am Parkplatz vor dem Gebäude, an dessen Seite ein höherer Anbau war, der Tower.
Der junge Mann bremste das Elektromobil so ab, dass wir genau vor dem dem Eingang des Hauses anhielten. Dann blickte er sich zu Maike um und sagte:
„Sie werden erwartet!"

Das Haus war ein eingeschossiges Gebäude, welches Mitte der 1930-er Jahre, als die Insel durch Sandaufspülungen vergrößert und der Flugplatz gebaut wurde, errichtet worden war.

Auf vielen der kleinen Flugplätze, jeweils irgendwo im Lande, waren derartige Luftaufsichtsbaracken das

Zentrum des regionalen Flugbetriebes.

Wie das ein Liedermacher, heute werden diese Leute als Singer/Songwriter in den Medien angekündigt, das bereits vor vielen Jahren aufschrieb.
Auch würde man heute meinen, wir standen vor einem Multifunktionsgebäude.

Unter dem Wellblechdach befanden sich Empfang und Abfertigungsbereich, eine kleine Gaststätte, eher eine Imbissecke mit Bestuhlung, Toilettenanlagen sowie die für den Flugbetrieb erforderlichen Räume. Darin waren technische Anlagen und Geräte installiert.

Maike und ich betraten den Empfangs- und Abfertigungsbereich durch eine Pendeltür, die bei jeder Bewegung quietschte und knarrte und uns zudem mit ihrem Design aus den 1950-er Jahren anstrahlte.

Ich ließ Maike den Vortritt und hatte ihr zuvor den Rucksack abgenommen.
Nachdem wir eingetreten waren, wurden wir von einer Frau begrüßt, die zu Maike sagte:
„Sie werden in wenigen Minuten abgeholt!"
„Danke!", sagte Maike, blickte mich an und suchte erneut meine Hand.

Wir standen vor einem der großen Fenster und blickten über den Flugplatz und die Insel. Rechts sahen wir den aufgeschütteten Hügel und links blinkte das Meer zwischen zwei Dünen.
„Er kommt!", sagte Maike und deutete zum Himmel, etwa dahin, wo der Hügel war.

Das grelle Licht des Scheinwerfers am Bugfahrwerk bewegte sich auf die Erde zu und kurze Zeit später setzte die einmotorige Maschine auf der Betonpiste auf. Die Frau, die Maike begrüßt hatte, kam zu uns und sagte:
„Er ist dann gelandet und möchte gleich zurück fliegen!"
„Danke! Ich komme!"

Maike blickte mich an und ich sah, ihre Augen leuchteten. Allerdings glänzten sie auch ein wenig. Sie legte beide Arme um meine Schultern, zog uns zusammen und als ihr Gesicht sehr nahe an meinem Ohr war, sagte sie:

„Danke für die Insel! Und das nächste Mal werden wir mit dem Segler auf das Meer fahren. Bewahre die Keramiken gut bei dir!"

Sie ließ mich los, nahm ihren Rucksack und ging, ohne sich noch einmal umzudrehen zu dem Flugzeug, das am Rand der Rollbahn mit gedrosseltem Motor wartete.

Maike öffnete die Kabinentür, stieg ein und als die Tür wieder verriegelt war, rollte die Maschine zum Startpunkt, vor dem Flugplatzgebäude und hinter einer Düne.
Ich hörte, wie der Motor aufheulte und als der Pilot die Bremsen löste, rollte das Flugzeug schnell und immer schneller über die Piste und hob dann ab.
Der Pilot flog eine Kurve nach Süden, dann über die große Insel und anschließend konnte ich die Maschine bereits nicht mehr erkennen.
Ich ging die Betonpiste zurück zum Anleger und fuhr

auf die große Insel und überlegte, noch einen oder zwei Tage auf der Insel zu bleiben.

Aber sehr schnell gelangte ich zu der Überzeugung, wenn ich gemeinsam mit Maike auf der

Insel bleiben könnte, hätte ich diese Überlegung mit einem eindeutigen „Ja!" beantwortet.

Ich bezahlte in der Pension unsere Übernachtungen und Frühstück, ging zum Hafen und setzte mich auf die Bank, auf der ich Maike erwartet hatte.
Und dann erinnerte ich mich daran, was ich in einem der wunderbaren Bücher von Graham Greene vor einigen Jahren gelesen hatte:

> *„Man muss immer darauf gefasst sein, das etwas Unvorhergesehenes passiert!"*

Epilog

In einer der auflagenstärksten deutschen Tageszeitungen aus Süddeutschland erschien vier Tage nach meiner Rückkehr von der Insel die folgende Meldung:

Erste deutsche Forschungsastronautin verabschiedet

München / jm – *Während einer Feierstunde am Max-Planck- Institut wurde gestern Frau Dr. Maike Görries verabschiedet.*

Die Leiterin der Arbeitsgruppe „Astrogeologie" bereitet sich im US-amerikanischen Raumfahrtzentrum weiter auf den Flug zur internationalen Raumstation ISS vor.

Damit fliegt erstmals in der Geschichte der deutschen Raumfahrt eine Frau in das All und zur ISS.

Während des etwa sechsmonatigen Aufenthaltes in dem Raumlabor wird sich die Geologin der Lagerstättenforschung sowie der Erkundung der auf der Erde vorhandenen Rohstoffe widmen.

Ziel dieses auf mehrere Jahre angelegten Projektes ist eine möglichst genaue Bestandsaufnahme der Rohstofflagerstätten mit Hilfe modernster und dafür entwickelter Messverfahren.

Das wiederum könnte eine der Voraussetzungen

dafür sein, um eine weltweite Wende in der Rohstoffpolitik und damit dann auch auch bei der Nutzung der Ressourcen zu beginnen.

So sieht es zumindest ein vorläufiger Beschluss der zuständigen UN-Kommission vor:
Natürliche Rohstoffe als Weltnaturerbe einstufen, deren Abbau dann unter Aufsicht eines internationale Gremiums erfolgt und sich nicht am Gewinn orientiert.

Wir wünschen Frau Dr. Maike Görries für die weitere Ausbildung und dann für den Flug zur ISS alles Gute und eine glückliche Heimkehr.

Anhang

Roter Feuerstein

Als Feuerstein, Flintstein oder auch nur Flint genannt, werden alle Kieselsäurekonkretionen, das sind Mineralausscheidungen, bezeichnet, die in der Oberkreide gebildet wurden.

Das geologische System der Kreide währte von vor 144 Millionen Jahren bis vor 65 Millionen Jahre und wird in die Unter- und die Oberkreide unterteilt. Die Oberkreide ist demzufolge jünger als die Unterkreide.

Von vor 93,3 Millionen Jahren bis vor 89,7 Millionen Jahre gab es in der Oberkreide eine Stufe, die als „Turonium" bezeichnet wird.

Und während dieser 4,2 Millionen Jahre entstand auch der rote Feuerstein. Genau einzugrenzen ist der Entstehungszeitraum nach Meinung einiger Wissenschaftler nicht. Allgemein hat man sich auf eine Entstehungszeit vor etwa 88 oder 89 Millionen Jahren festgelegt, also in der jüngeren Epoche des Turoniums, auch Ober-Turonium genannt.

Die Bildung von Feuersteinen ist noch nicht vollständig erforscht. Sicher ist, dass Kreideschlamm am Grund des Meeres die Voraussetzung für die Entstehung war. Diese Kreideschlämme war Ort einer Diagenese (Umbildung zu festen Gesteinen) aus den Resten mariner Organismen, darunter waren Kieselalgen und Kieselschwämme (Diatomeen).

Während deren Skelette zu Kreide verdichtet wurden, war die in den Algen und Schwämmen enthaltene Kieselsäure (Summenformel SiO_2 x nH_2O) das Ausgangsprodukt für die Feuersteinbildung in dem mehrere Meter dicken kreidehaltigen Schlamm am Grund des Kreidemeeres.

Feuersteine bestehen demzufolge vorwiegend aus Siliziumdioxid (SiO_2), in Form des faserigen Minerals Calcedon.

Die Ablagerung der Kieselsäure als gallertartige Masse erfolgte in rhythmischen Abständen, was bedeutet, der Kreideschlamm war von Calcedonschichten durchzogen. Diese Schichten härteten dann zwischenzeitlich aus und wurden wieder mit Kreideschlamm und weiteren Schichten Calcedon bedeckt.

Die Schichten aus Kreideschlamm und Calcedon können eine Mächtigkeit von mehreren hundert Metern erreichen. Was bedeutet, auch die Feuersteinschichten sind ähnlich mächtig. Mancherorts bis zu beispielsweise 250 Meter.

Jeglicher Feuerstein entsteht so, wie hier beschrieben.

Nur, die Umstände, welche die Entstehung des roten Feuersteins begleiteten, sind weltweit einmalig. Denn, etwa 98 Prozent des weltweit existierenden roten Feuersteins werden auf der Helgoländer Düne gefunden. Die Steine waren ebenfalls ehemals Bestandteil des heute untermeerisch anstehenden Kreidegesteins aus dem Turonium.

Einzelne kleinere Lagerstätten mit minimalen Einträgen oder einzelne Stücke sind allerdings immer auch im Bereich der Norddeutschen Tiefebene anzutreffen. Jedoch geht man davon aus, dass glaziale Verschiebungen als Grund mit hoher Wahrscheinlichkeit anzusehen sind.

Zur Zeit der Entstehung des roten Feuersteins im Oberturonium war die große Insel mit der Düne verbunden und beide bildeten eine Landmasse. Die befand sich inmitten einer „Totwasserzone". Einem Meer, in dem statt Sauerstoff die unterschiedlichsten schwefelhaltigen Verbindungen schwappten. Aber auch und unter anderem Pyrit, das ist Schwefelkies (Eisen (II)-disulfid).
Die rote Färbung entstand durch die Einlagerung von dreiwertigen Eisenverbindungen (Eisen(III)-oxid) in die „Feuersteinrohlinge".

Der heute gefundene rote Feuerstein tritt zumeist als Knolle oder auch als Brocken mit einer Größe von bis zu 15 Zentimetern auf, vereinzelt auch als Knollen von bis zu 25 Zentimetern Durchmesser. Je nachdem, wie hoch die Konzentration der Einlagerungen von Eisen(III)-oxid ist, können verschiedene Rotfärbungen, fleischrot, rot-violett und auch rosa festgestellt werden.

Roter Feuerstein wird heute vor allem zu Schmuck verarbeitet.

Es sind archäologische Belege dafür vorhanden, dass der rote Feuerstein bereits am Ende der letzten Eiszeit zu Klingen, Speerspitzen und Steinwerkzeugen, wie beispielsweise Beile und Schabmesser verarbeitet wurde.
Bekannt ist ebenfalls, dass der rote Feuerstein als Handelsware sowohl nach Norden via Dänemark als auch nach Süden gebracht wurde.

Vor der letzten Eiszeit war das wohl weniger problematisch: Die Fundstellen des roten Feuersteins konnten per pedes erreicht werden.

Es war sehr viel Wasser in den Gletschern gebunden und der Meeresspiegel lag etwa 100 bis 120 Meter tiefer als heute. Nach England konnte man demzufolge trockenen Fußes über den heutigen Meeresgrund der Nordsee gelangen.

Ein Relikt dieser Zeit ist die heute nur etwa 13 Meter unter dem Meeresspiegel befindliche Doggerbank zwischen Dänemark und England. Dort grasten einst Rentiere und nicht selten haben Fischer Werkzeuge aus der damaligen Zeit in den Netzen.

Und wohl auch manchmal ein Stück roter Feuerstein...

Literatur:

Die nachfolgend aufgeführten Literaturen waren dem Autor eine wichtige Hilfe:

„Die Zeit. Lexikon in 20 Bänden", Band 1 bis 20, ISBN 3-411-17560-5 (Gesamtwerk), Zeitverlag Gerd Bucerius GmbH & Co. KG, Hamburg 2005

www.wikipedia.com